La chance de sa vie

Sophie Astrabie

La chance de sa vie

roman

Flammarion

ISBN : 978-2-0804-5054-8

À ma mère,
le plus précieux hasard de ma vie

« L'homme n'est rien de lui-même. Il n'est qu'une chance infinie. Mais il est le responsable infini de cette chance. »

Albert Camus, *Carnets II*

Marseille, 2024

C'est une petite place située à la fin d'une impasse. Deux enfants sont assis par terre, les jambes étendues sur le bitume et le dos appuyé contre le tronc d'un arbre. Ils ont 8 ans, et l'impression de se connaître depuis toujours. Et pour cause, leur rencontre se situe quelque part dans la mémoire qui oublie tout.

Le mois de juillet ne fait que commencer mais la chaleur et l'ennui les écrasent déjà. Surtout elle, Pomme, pour qui les choses ne vont jamais assez vite. C'est lui qui a eu l'idée de cette course d'escargots. Comme toujours, elle s'est vite prise au jeu. Elle a commencé à crier des encouragements et à agiter ses bras dans tous les sens jusqu'à ce qu'il lui rappelle que les escargots sont sourds. Quel intérêt, alors ? a-t-elle demandé. Si on ne peut rien faire… Elle est partie se mettre à l'ombre sans attendre sa réponse et a fini par s'assoupir.

— Pomme ! Pomme, regarde !

Il lui a mis un coup de coude pour qu'elle se réveille. Devant eux, une grive avançait vers la piste de course. Ils ont accouru aussi vite qu'ils ont pu, mais l'oiseau avait déjà piqué la queue de l'un des deux mollusques et s'était envolé avec sa proie dans le bec.

Les mains sur les hanches, Pomme a observé l'escargot restant, celui avec un point de vernis bleu sur la coquille, le sien.

— J'imagine que j'ai gagné, a-t-elle dit en souriant.

— C'est juste de la chance, a-t-il râlé.

— N'importe quoi ! La chance, ça n'existe pas.

STANISLAS

1

2015

S'il avait été un lieu, sans doute aurait-il été une impasse.

C'est ce qu'il se dit en écoutant cette émission de radio sur laquelle il est tombé par hasard : « Si vous étiez un lieu, François-Xavier Rochoir… »

Le journaliste a posé la question à son invité, un écrivain d'une quarantaine d'années, qui a alors souri d'un sourire radiophonique. Un léger bruit de bouche.

— Je serais… vous savez cette place à Sienne, *la piazza del Campo*, qui a la forme d'une coquille Saint-Jacques mais qui est inclinée comme un amphithéâtre. Elle a d'ailleurs inspiré le roman de Michel…

— Évidemment. Quelle œuvre ! le coupe le journaliste avec enthousiasme.

— J'y suis allé un été avec mes parents pour voir le fameux Palio de Sienne, *il Palio delle Contrade.*

— Formidable…

— Et je crois être cette part de l'enfance qui essaie d'exister dans l'infinie grande Histoire, ce musée de la vie qu'est notre…

Stanislas lève les yeux au ciel et coupe la radio. Une impasse. Nous sommes tous des impasses. Rien de plus. Et ceux qui se prennent pour une place en Toscane, vraiment, il ne peut pas les supporter.

Il s'est garé devant une maison en crépi au milieu d'autres maisons en crépi minutieusement rangées dans un lotissement pavillonnaire. Ses parents habitent là depuis qu'ils ont emménagé ensemble, juste après leur mariage.

Il y a trois ans, sa mère a repeint les volets en lavande, ce qui donne à ce cube de parpaings un petit air de Provence. Stanislas ne sait pas si, dans ce geste, il y a davantage l'espoir du changement ou le désespoir d'une vie vécue en périphérie. En tout cas, aujourd'hui, il pleut.

Le petit portail est entrouvert. Quand il le franchit, Stanislas dit : « C'est moi », et il n'y a pas de doute possible, c'est bien lui. Cynthia et David n'ont qu'un seul enfant. Mais comme toujours, l'histoire est bien plus complexe qu'elle le paraît.

Son père porte un vieux jogging bleu pétrole et des charentaises qu'il garde aux pieds toute la journée. Parfois il se lève, passe la porte d'entrée et va chercher le courrier dans la boîte aux lettres. Le reste du temps, il est assis dans son fauteuil et caresse l'accoudoir. David et ce fauteuil, c'est comme un duo de la chanson française. Deux êtres différents que l'on finit par confondre. D'ailleurs, ce fauteuil, Stanislas l'a baptisé Jonathan.

Sa mère est une petite femme énergique d'un mètre cinquante-cinq. Les pommettes hautes, les cils retroussés et les biceps saillants d'une vie passée les bras dans la permanente de ses clientes. Il y a quarante ans, Cynthia ne s'appelait pas Cynthia. C'était le nom du salon de coiffure qu'elle venait de racheter à sa patronne, partie à la retraite. Au début, elle reprenait les gens : Cynthia n'était pas son prénom, non. Elle, c'était Françoise. Mais assez vite, elle avait laissé tomber. Même son mari s'était mis à l'appeler Cynthia.

Dans le petit salon, la télévision est allumée comme toujours. « C'est ma présence », explique sa mère comme si elle faisait les présentations, et son père ne réagit pas. Le dimanche chez ses parents est une chose que Stanislas ne questionne pas. C'est une forme de loyauté qui résiste à toutes les épreuves. À l'ennui principalement.

— Le poulet n'est pas cuit.

Stanislas jette un œil furtif à l'heure sur la porte du four et ne peut retenir le haussement de son sourcil droit. Il est 12 h 45 et le poulet n'est pas cuit. Il trouve cette information déroutante mais ne dit rien. À bientôt quarante ans, il en a vu d'autres. D'autres c'est certain, mais des comme ça, jamais.

Pour patienter, il décide d'aller dans sa chambre, cette pièce dans laquelle il ne se rend plus jamais. En vingt ans, rien n'a changé. Le temps ne s'arrête pas, sauf dans les chambres des enfants qui ont quitté le domicile familial. Il pousse la porte et un poster de l'équipe de France de football 84 se décroche du mur et tombe à ses pieds. Il l'enjambe et s'assied sur son lit pour observer le musée de son adolescence qui n'intéresse personne, pas même lui.

Les motifs de sa housse de couette auraient pu être ceux d'une nappe qui auraient pu être ceux d'un torchon. Il se dit que c'est ce qu'il y a de plus proche du cycle de vie du bon goût. Une forme d'optimisme qui ne sait pas ce qui l'attend. Une guitare est posée contre le mur et une pile de cassettes est recouverte de poussière. Sa passion pour la musique avait duré une semaine. Le temps qu'il lui avait fallu pour comprendre qu'il ne parviendrait pas à impressionner Magalie avec un e. Il y avait ensuite eu Karine avec un K, Chrystel avec un y et puis Cendrine avec un C. Il se demande s'il doit conclure quelque chose de cette appétence pour les orthographes ambiguës.

Il entend sa mère l'appeler de la cuisine. Il se lève, fait quelques pas sur la moquette usée de la chambre, marche sur l'affiche qui s'accroche à sa chaussure. Il tente de la décoller mais un bout de patafix jaunâtre la maintient à sa semelle et le papier se déchire. C'est là qu'il découvre qu'au dos, maintenue par un ruban adhésif, il y a la photo d'une fille dans un photomaton.

Stanislas

Il n'a pas pensé à elle depuis des années. À l'époque pourtant, il s'était dit qu'il n'arriverait jamais à l'oublier.

2

Elle s'appelait Sara. Sara sans h. Le jour de la rentrée, ils s'étaient retrouvés tous les deux, vingt minutes après la sonnerie, devant la liste des classes affichées sur le grand portail du collège. Leurs doigts s'étaient même effleurés un instant lorsqu'ils avaient trouvé leur nom. Sara Guerel et Stanislas Gélin. 3e C. Ils avaient alors marché côte à côte, pressés mais prétendant ne pas l'être, jusqu'à la salle de classe où tous les autres élèves étaient déjà assis, les yeux rivés sur le professeur principal. C'était elle qui avait toqué à la porte. Elle qui avait présenté des excuses pour leur retard à tous les deux. Elle, encore, qui avait pris la place au premier rang, la table collée au bureau de monsieur Marchand. Stanislas, lui, s'était assis là où il avait pu. À côté de cet élève dont l'odeur corporelle lui avait enseigné la ponctualité.

Sara était grande, fine, élancée. Elle avait la peau mate, les cheveux bruns, épais. Un corps plat à l'âge où l'apparition des formes dirige le monde. Des yeux d'une couleur qui n'existait pas. Un gris doré. Le trésor le mieux gardé. Elle était souvent seule. Elle lisait des livres sur un banc. Elle souriait rarement, courait dès la sonnerie pour attraper un bus. Le 15. Stanislas avait étudié la ligne en se demandant où elle pouvait bien s'arrêter. Mais pas tout de suite. Pour le moment, comme tous les garçons de 3e C, Stanislas n'avait d'yeux que pour Mélodie, sa peau blanche, ses yeux bleus, ses cheveux blonds. Et son 90C.

Stanislas pense à Sara et à sa photo qu'il a glissée dans la poche de son pantalon.

— Tu savais que le fils de Geneviève était parti vivre en Colombie ?

— Clément ?

— Jean-Baptiste.

— Non.

— La Colombie, tout de même, je ne serais pas rassurée…

— Je n'ai pas l'intention de m'installer en Colombie, maman.

Elle rit de son rire bruyant et il se demande si sa mère aurait eu ce rire, s'il n'avait pas eu à couvrir pendant quarante ans le bruit des sèche-cheveux.

— Je le sais bien, mon chéri.

Elle pose ses couverts sur la table et sa main attrape celle de son fils. Doucement, elle penche sa tête sur le côté et sourit.

— Je ne me souviens même pas de la dernière fois où tu as quitté la ville.

Quand il l'embrasse en partant, Stanislas prend une grande inspiration. Même si elle ne travaille plus depuis des années, sa mère a toujours sur elle cette odeur de laque, d'eau oxygénée et de produits de beauté. Cette odeur qui lui rappelle son enfance, celle passée dans un salon de coiffure de la taille d'un couloir, coincé entre un bureau de tabac et une laverie automatique. Il écoutait les conversations de ces dames, leurs confidences à une époque où personne ne consultait de psychologue. Le moral devait tenir jusqu'à la prochaine mise en plis.

« La beauté c'est autant notre prison que notre liberté », lui avait dit Cynthia un jour. Il n'avait pas su quoi répondre. Le soir en rentrant, il s'était enfermé dans la salle de bains et s'était regardé de longues minutes dans le miroir. Il avait soudain trouvé cela tragique, d'être un garçon. Les hommes étaient tels qu'ils étaient. Il n'y avait rien à faire, avait-il dit à son reflet avant de le répéter à sa mère qui l'avait alors pris pour un philosophe précoce.

Les hommes étaient tels qu'ils étaient. Mais peut-être, après tout, ce constat le rassurait-il. On pouvait vivre n'importe quelle vie, avec une bonne excuse.

3

Il pousse la porte de son appartement vide. Avant, son chien l'accueillait en sautillant mais il est mort trois mois plus tôt et Stanislas part du principe qu'on ne remplace pas les morts. Alors il a un poisson rouge qu'il a appelé Orange par souci de cohérence. Il pose ses clés dans le vide-poche sur le meuble de l'entrée, cet objet qu'il ne peut s'empêcher d'observer quand il va chez les gens. Il n'est pas moins intéressé par le contenu que par le contenant. Il y a toujours, dans son apparente nonchalance, un message à faire passer. Depuis qu'il l'a compris, c'est sa manière de cerner les autres. Ceux qui ont rapporté une « broutille » d'un voyage à l'autre bout du monde, ceux qui ont une jolie coupelle trouvée en chinant ou ceux qui ont un vieux bol qui pourrait tout aussi bien servir pour le petit déjeuner.

Il sort la photo de Sara qu'il prend le temps d'observer quelques secondes avant de l'aimanter à la porte du frigidaire. Il se sent ridicule tout à coup, face à cette mélancolie qu'il a ressentie et qu'il cherche à prolonger le plus longtemps possible. Sara avait été sa seule histoire d'amour. Et elle datait d'il y a plus de vingt ans. Depuis, il avait rencontré des femmes, passé du temps avec elles, mais ne s'était jamais engagé. D'ailleurs, c'est pour cette raison qu'elles avaient toutes fini par le quitter. Il s'en fichait. Stanislas aimait les sensations, pas les émotions.

Il finit par récupérer la photo et la glisser dans son portefeuille.

Il allait avoir 40 ans, et il avait beau prétendre le contraire, cette idée le perturbait. Il y avait le fait qu'il était à la moitié de sa vie, bien sûr, mais cela faisait longtemps qu'il avait compris que le présent était un bus qui nous passait devant sans s'arrêter. Non, il y avait autre chose. Une phrase prononcée par une inconnue, qui avait roulé jusqu'à ses pieds, sur le rivage de sa quarantième année.

4

À 8 ans, Stanislas avait accompagné sa mère chez une voyante. Cynthia y allait régulièrement, ce n'était un secret pour personne. Mais d'habitude, elle faisait en sorte de s'y rendre seule. C'était son moment à elle, disait-elle. « Où voulez-vous que j'aille ? Je ne vais pas aller chez le coiffeur tout de même ? » Son père haussait les épaules.

Mais cette fois-ci, elle n'avait pas pu faire autrement que de l'emmener.

Stanislas s'était assis dans un coin de la pièce, une caravane avec une guirlande sur le parking d'une zone commerciale. Sa mère avait hésité à le faire patienter à l'extérieur avant de se raviser. Depuis quelques mois, l'affaire Grégory avait réduit l'intimité des mères. Les « on ne sait jamais » venaient perturber un monde de certitudes.

Il se souvient de s'être dit que cette femme ne ressemblait pas à une voyante mais, après tout, c'était la première fois qu'il en rencontrait une. Il s'était contenté de sortir un Rubik's cube de la poche de son manteau et avait tenté de se faire oublier.

Lorsque la séance fut terminée, sur les trois marches en fer qui reliaient la caravane au bitume, la voyante avait questionné sa mère.

— Vous lui avez dit ?

— Pas encore. Il n'a que 7 ans.

— Il faudrait. Ça va bientôt commencer à ressembler à un secret de famille.

— Oui… c'est vrai, vous avez raison.

La voyante avait observé Stanislas plusieurs secondes puis avait affirmé.

— À 40 ans, sa vie va changer.

— En bien ou en mal ? s'était inquiétée Cynthia.

— Si je vous le dis cela risque de modifier le cours des choses. Notre destin est défini mais nos trajectoires, elles, sont libres.

* * *

En rentrant, Cynthia l'avait fait s'installer à la table de la cuisine. Il se souvient du bruit de la pendule, du vrombissement du frigidaire et des battements du cœur de sa mère qui tapaient contre sa poitrine.

— Il y a quelque chose que je dois te dire, que je *veux* te dire, se reprit-elle. Je préférais attendre le bon moment, mais c'est quand, le bon moment, hein ? Ce qui est certain, c'est que si j'ai attendu tout ce temps, c'est que je voulais être sûre que cette histoire ne te peine pas. Et aussi, il faut que tu le saches, parce qu'à moi, ça m'a fait beaucoup de mal.

Elle tripotait ses doigts, lissait la nappe de la table, attrapait des miettes invisibles du bout de son index.

— J'ai été très triste, triste comme…

Son regard s'était arrêté sur la corbeille à fruits.

— … comme une banane.

Elle en avait saisi une et l'avait placée devant son visage pour former un sourire à l'envers.

— Avant ta naissance, avec ton père, nous avons eu un autre petit garçon. Un bébé qui est né et… puis qui… qui est mort.

Elle retenait sa respiration mais Stanislas ne disait rien.

— Une septicémie, une infection, reprit-elle. Ça a été très rapide. Il était là et puis plus. En vingt-quatre heures. Ton père venait juste de déclarer sa naissance à la mairie.

Elle se leva, fit quelques pas dans la cuisine avant de revenir s'asseoir au même endroit.

— Et puis trois mois après, je suis à nouveau tombée enceinte. De toi. J'étais morte de trouille mais ton père, pour une fois, ne doutait pas. Tu es né et c'est lui qui a eu cette idée. Pour lui rendre hommage. Ça se faisait beaucoup à l'époque. Je veux dire, avant. Je n'ai pas réfléchi. J'étais si heureuse que tu sois là, en bonne santé, le reste m'importait peu.

Elle s'arrête. Stanislas lève la tête et la fixe, les sourcils froncés.

— Je ne comprends pas, maman.

— Ce petit garçon, ton grand frère. Lui aussi s'appelait Stanislas.

Il avait senti quelque chose à l'intérieur de lui se briser. Un bruit de vaisselle que l'on prend à deux mains et que l'on jette sur le sol.

Plus jamais il n'avait pu manger de banane.

* *
*

Stanislas n'avait jamais aimé son prénom. Il le trouvait trop original, trop grandiloquent, trop slave. Il aurait voulu s'appeler Sébastien comme la moitié de sa classe en sixième mais ses parents avaient choisi Stanislas comme un défi pour la langue française. Une originalité contraignante qui était retombée comme un soufflet : tout le monde l'appelait Stan.

Mais à partir de ce jour-là, il détesta son prénom tout en se sentant coupable de ce sentiment. Il détestait que ce prénom qu'il avait toujours trouvé trop « unique », en fait, ne le soit pas.

5

Le soir, Stanislas retrouve souvent Laurent dans un bar du coin. Laurent s'appelle Laurent comme son propre père, une enfance à lever la tête une fois sur deux pour rien. Stanislas et lui travaillent ensemble, dans la même banque, ils ont le même âge. Mais Laurent est marié, il a deux enfants, un garçon et une fille, un cocker anglais nommé Lucky, comme l'ont été plus de 34 000 animaux la même année. Stanislas ne saurait dire comment il était tombé sur cette statistique mais cela l'avait marqué. Sur une infinité de possibles, 5 % des chiens avaient été nommés « chanceux ».

Laurent trompe sa femme, ce n'est un secret pour personne, sauf pour Valérie. Stanislas s'est longtemps demandé s'il devait continuer à séparer l'ami du mari, surtout quand il était invité à dîner chez eux. Mais tirer un trait sur celui qui était devenu, au fil des ans, son meilleur ami, lui était impossible. À la place, il avait instauré une règle, Laurent devait lui parler de ses conquêtes au passé, comme s'il s'agissait de vieilles histoires. La concordance des temps, un accord entre lui et sa bonne conscience qui convenait à tout le monde.

Ce soir donc, les deux hommes sont au bar. Ils ont commandé une bière et ils boivent en jetant de temps en temps un œil au match de foot qui se joue en silence sur l'un des écrans de télévision. Stanislas sort la photo de Sara et la fait glisser sur la table. Laurent écarquille les yeux.

— Mais Stan, t'es sérieux ? Elle a 15 ans, la gamine.

— C'est une fille de mon lycée, j'ai retrouvé cette photo chez mes parents.

— Et ?

— Et rien.

— OK.

Laurent prend la photo et, tout en buvant une gorgée de bière, l'observe longuement.

— Elle est pas terrible.

Stanislas ne répond rien. Il a pris l'habitude de ne pas montrer ses émotions, encore moins quand quelque chose le touche vraiment.

— C'est quoi l'idée, alors ? Tu veux la retrouver ?

— J'en sais rien.

— C'est quoi son nom ?

— Guerel. Sara Guerel.

Laurent sort son téléphone et se met à taper frénétiquement dessus.

— Tu fais quoi ?

— Ben, je la cherche. C'est elle ? dit-il en lui montrant la photo d'une fille que Stanislas n'a jamais vue.

— Non.
— Elle ?
— Non plus.
— J'trouve pas. Elle a dû se marier et changer de nom. Mais bon, franchement, elle n'était pas terrible.

Laurent prend une nouvelle gorgée de bière et se tourne vers la télévision.

— J'ai rencontré une fille sur une appli de rencontre. Je veux dire. Il y a fort fort longtemps.

Une flamme s'est allumée dans le regard de Laurent et un sourire fend son visage.

— Regarde-moi ça, dit-il en lui tendant son téléphone. Un avion de chasse. Enfin… un bombardier de la Seconde Guerre mondiale.

Stanislas fait défiler les photos. Les postures de cette fille sont sans équivoque. La bouche en avant, le dos cambré, les mains sous son menton avec toujours le même profil tendu vers l'objectif. Il lit la description « Justine. 31 ans. J'aime la course à pied et les chats. Je peux te faire des cannelloni. » Il fixe Laurent.

— Quoi ? dit ce dernier en haussant les épaules. J'aime bien les cannelloni, moi.

Stanislas a attendu que son ami tourne au coin de la rue pour saisir son téléphone. Il tape Sara sans h, Guerel un-seul-r-un-seul-l dans la barre de recherches et un résultat apparaît sur son écran. Il la reconnaît aussitôt. Elle n'a pas beaucoup changé, elle a toujours cet air sévère, mais il sait que c'est la vie qu'elle regarde avec sévérité. Elle travaille à l'université de Dijon depuis un an et cette information l'étonne ; elle vit donc ici, elle aussi. Elle enseigne les sciences sociales.

Il sent une lourdeur poindre dans sa poitrine, à la fois fugace et latente. Il reconnaît les problèmes à cela, justement. Quand côte à côte dans la même phrase il utilise un mot et son contraire.

6

Trois jours plus tard, il est réveillé dans la nuit sans raison apparente. Il est, très exactement, 3 h 21, c'est écrit sur le réveil posé sur sa table de chevet. Ses yeux n'ont besoin d'aucune seconde supplémentaire pour déchiffrer l'heure. Le chiffre lui semble être un compte à rebours.

Depuis qu'il est adulte, Stanislas n'est pas réveillé la nuit. Ni par les autres, ni par lui-même. Cela fait des années qu'il dort de ce sommeil de plomb qui agace. Son corps immobile ne produit aucun bruit, aucun mouvement. Il se réveille à l'endroit où il s'est endormi. Comme si ses nuits ne duraient qu'une seconde.

Mais pas cette nuit-là.

Il se lève, jette un œil par la fenêtre. Il est si peu habitué à ce genre de choses qu'il cherche une explication. Mais il n'y a personne dans la rue, tout est calme. Il se sert un verre d'eau qu'il boit d'une traite puis retourne se coucher. Il a les yeux grands ouverts dans son lit et se perd dans la noirceur de la nuit comme dans l'infini. Soudain la pièce s'éclaire avant de replonger dans l'obscurité. Il touche du bout des doigts l'écran de son téléphone, deux notifications. Elles proviennent toutes les deux d'un réseau social professionnel sur lequel il a rapidement complété un profil des années plus tôt.

La dernière notification apparaît en premier. « J'espère avoir de tes nouvelles. »

C'est signé Sara.

7

D'aussi loin qu'il s'en souvienne, Stanislas a toujours compté. Les mots dans les phrases, les personnes dans les pièces, les marches des escaliers, la longueur des silences. Il aime les chiffres depuis le jour où il s'est mis à détester les mots. C'était en CP, la maîtresse leur avait demandé de trouver des rimes avec leur prénom. Quand vint son tour, le mieux qu'il put faire fut « essuie-glace ». Un élève avait alors questionné : « Et dégueulasse ? » Toute la classe avait ri. Il avait trouvé cette suggestion gonflée de la part de quelqu'un qui s'appelait Richard. Mais il n'avait rien rétorqué car sa mère lui avait appris les bonnes manières.

Plus tard, il avait trouvé que les mots étaient souvent instables, changeants, ambigus. Ils pouvaient avoir plusieurs sens, plusieurs orthographes, et même une signification à l'opposé de ce qu'ils suggéraient. Alors que les chiffres, eux, ne blessaient pas.

C'est ce qu'il pensait encore quelques minutes avant de découvrir le second message de Sara. Celui reçu juste avant son : « J'espère avoir de tes nouvelles » et qui contenait la photo d'une page de journal, un petit encart sur quelques lignes qui lui donna froid dans le dos.

« Nous avons la tristesse d'annoncer le décès de :
Monsieur Stanislas Gélin
survenu le 23 septembre 2015 à l'âge
de 39 ans. Ses obsèques seront célébrées
à la cathédrale Saint-Bénigne de Dijon,
le mercredi 27 septembre à 14 h 30.
L'inhumation aura lieu au cimetière de Dijon
dans l'intimité de sa famille. »

Les mots nous prennent et nous écrasent, pensa-t-il. Mais parfois les chiffres aussi.

8

Stanislas tourne en rond dans son appartement. Il fait des cercles, enfin des carrés plutôt, si l'on veut être précis. Les cent pas. D'ailleurs il compte jusqu'à cent et puis il recommence. Il ne sait pas combien de fois il a fait cela quand il s'arrête enfin, pour reprendre ses esprits.

Le fait que cette fille le contacte quelques jours seulement après qu'il a retrouvé une photo d'elle chez ses parents, c'est une chose. Mais que pour la seconde fois de sa vie, une personne qui porte exactement le même nom que lui, vit dans la même ville et a quasiment son âge, meure… Stanislas ne pensait pas pouvoir un jour dire cette phrase. Mais ça le bouleverse.

Il attrape son téléphone et envoie à Sara : « Je suis en vie. »

Il a répondu vite, sans réfléchir. Il est littéralement en vie, alors c'est ce qu'il a voulu dire, mais à présent il se sent ridicule. Il voudrait effacer, recommencer, écrire quelque chose d'un peu moins grandiloquent. Mais il ne peut pas. Alors il relit plusieurs fois cette réplique tout droit sortie d'un film américain pour voir si, à force, elle s'atténue.

Mais déjà la réponse arrive : « Ah, tant mieux. »

Stanislas se fige pendant de longues secondes. Son corps lui paraît lourd comme la pierre mais il parvient à se traîner jusqu'à son lit où il s'endort en répétant ce dialogue :

« Je suis en vie.

— Ah, tant mieux. »

9

Sa mère avait été coiffeuse et son père avait « raté » sa vie. C'est ce qu'il lui avait dit un soir, alors qu'ils étaient tous les deux devant la télévision. Il n'était pas vraiment sûr qu'il s'adressait à lui, d'ailleurs, son père avait prononcé cette phrase comme ça, sans quitter des yeux cette femme qui venait de tourner une roue multicolore et dont la boule blanche s'était arrêtée sur le million de francs. « Cent millions de centimes », avait répété Philippe Risoli en lançant son micro dans les airs.

Puis son père s'était levé et était parti faire un tour de voiture. Car en plus de rater sa vie, David avait un autre métier. Il était chauffeur de taxi.

Sa mère avait passé la tête dans le salon puis avait haussé les épaules.

— Comment il veut gagner ? Il ne joue jamais.

Son père avait fait un infarctus à 39 ans. Au lieu de se mettre au sport, il s'était mis au canevas et, à ce jour, personne n'avait réussi à comprendre le cheminement de sa pensée. Il était devenu le chauffeur de taxi qui fait des canevas, dans une sorte de réputation mystique qui avait fait le tour de la ville. Il avait fini par en accrocher un à son tableau de bord.

C'est sans doute à ce moment-là que le couple de ses parents avait basculé dans la cohabitation. Le corps de sa mère contournait de plus en plus celui de son père et Stanislas observait ces nouvelles courbes comme un spectateur de vélodrome. Un jour, il avait entendu Cynthia chuchoter au téléphone :

— Je ne le supporte pas. Il me tarde qu'il parte même quand il n'est pas là.

Il ne sait pas pourquoi il pense à ça maintenant. À son père, à son regard bancal chaque fois que sa mère n'était pas là et qu'ils étaient assis face à face à la table du dîner. Ils ne savaient jamais quoi se dire et aucun des deux ne faisait l'effort de faire des réponses plus amples qu'un simple « oui » ou « non ».

Peut-être le décès de son homonyme remue-t-il des choses. Peut-être les questions qu'il a enfouies au plus profond de lui remontent-elles à la surface, comme un étang qui finit tôt ou tard par rejeter tout ce qu'il cache. Depuis qu'il a 7 ans, Stanislas se demande si, chaque fois qu'il le regarde, son père ne pense pas à son autre fils. Celui qui aurait comblé toutes ses attentes. Celui qui aurait empêché une vie ratée.

10

1992-1993

Sara n'était pas son genre et, à vrai dire, elle ne l'avait jamais été. Il était tombé amoureux d'elle sans le faire exprès, comme on trébuche sur la marche d'un escalier que l'on emprunte tous les jours. Il avait lu quelque part que les accidents arrivent sur les trajets les plus routiniers et c'est ce qui était arrivé. Après trois années dans la même classe, Stanislas avait chuté sur Sara lors d'une soirée où il avait failli ne pas aller.

Il était allé ouvrir la porte et elle était là, derrière un bouquet d'hortensias qu'elle avait dû cueillir une heure plus tôt dans un parc de la ville.

— Pour ta mère, avait-elle dit en lui tendant les fleurs.

Stanislas avait bredouillé que ce n'était pas chez lui mais elle était déjà loin dans le salon et n'avait rien entendu. Il ne l'avait plus croisée de la soirée, aspiré par cette fête qui avait débordé comme toutes celles organisées sans permission. Au moment de partir pourtant, il l'avait trouvée devant la bibliothèque, le doigt posé sur son menton.

— Tu m'aides ? avait-elle demandé sans se détourner des rayons de livres.

— À quoi ?

— Il paraît que ceux qui possèdent la Bible, *Le Parfum* de Suskind, *La Métamorphose* de Kafka et *Le Bruit et la Fureur* de Faulkner sont potentiellement des tueurs en série.

Il avait laissé échapper un rire mais l'air sérieux de Sara l'avait immédiatement stoppé, un regard noir qui venait du fond de ses yeux et qui n'avait besoin d'aucun sourcil froncé pour exister. Des années après, il s'en souvenait encore.

Stanislas s'était alors mis à l'aider. Après plusieurs minutes de recherches, il fallait se rendre à l'évidence : les parents de Guillaume n'avaient rien à se reprocher.

— Tout de même. Je crois qu'on ne peut pas faire confiance à des gens qui ont autant de livres qui semblent n'avoir jamais été ouverts.

Ils avaient quitté la soirée ensemble et marché côte à côte en silence jusqu'au croisement. Puis elle avait eu cette tirade qui sortait de nulle part et c'était sans doute à ce moment-là qu'il avait commencé à chuter :

— Il y a une chose qui me fascine et à laquelle je pense souvent. Parmi tous les jours qui composent une année, au milieu de toutes ces dates que nous traversons, il y en a une que nous vivons avec naïveté sans savoir qu'elle sera dans cinq ans, dix ans, quinze ans ou plus, celle de notre mort. Qu'un jour, elle sera inscrite à côté de la date de notre naissance et qu'elle viendra fermer une parenthèse. Elle viendra clôturer notre histoire. Et nous n'en savons rien. Pendant des années ce jour n'est qu'un jour parmi tant d'autres. Un jour le long duquel on a peut-être marché en s'excusant de le faire. Ou bien un jour où on a été extrêmement heureux. Et puis soudain, c'est le plus grave de notre vie.

Stanislas s'en souvenait parfaitement. C'était un 29 octobre. Il avait eu très envie de l'embrasser. Mais il n'en avait pas eu le temps. Enfin c'est ce qu'il aurait dit si on l'avait questionné. En réalité, il avait simplement manqué de courage.

— Dis un chiffre entre zéro et dix.

— Sept.

— Viens, on y retourne.

— Quoi ? Comment ça ?

— On retourne chez Beaussart.

— Mais pourquoi ? Parce que j'ai dit 7 ?

Sara avait déjà pris la direction de la maison dans laquelle ils se trouvaient tous les deux une demi-heure plus tôt. Une grande bâtisse prétentieuse d'un style XVIIIe siècle et pourtant construite à la fin des années 1980. Sara se demandait si les parents de Guillaume criaient « Ce n'est pas Versailles ici ! » quand leurs enfants oubliaient d'éteindre les lumières car cela devait leur coûter plus en ego qu'en électricité.

Le jardin faisait la taille d'un terrain de foot et était clos par une barrière en bois que Sara avait escaladée en quelques secondes. Une fois de l'autre côté, elle avait demandé à Stanislas ce qu'il attendait pour la rejoindre. Alors il avait grimpé à son tour, à contrecœur, et s'était écrasé de tout son poids quelques mètres plus loin. Il s'était relevé tel un ressort, remarquant qu'il s'en était fallu de peu pour qu'il anéantisse un plant d'hortensias. Un plant d'hortensias dont il manquait les trois quarts des fleurs. Sara avait haussé les épaules.

— Ils n'auraient pas tenu une semaine de plus de toute façon. Bon, on y va ?

Elle l'avait entraîné jusqu'au fond du jardin, jusqu'à une grande volière enfouie au milieu des arbres.

— Eh ben. Ça doit pas beaucoup éteindre les lumières, ici.

Elle l'avait fixé avec étonnement quelques secondes puis s'était à nouveau tournée vers la volière.

— Ils dorment, mais à mon avis ils ne nous en voudront pas.

— Attends, qu'est-ce que tu comptes faire ?

— Les manches qui roulent sous un pull, je n'aime pas trop ça. Les betteraves, c'est pas vraiment mon truc. Mais alors les oiseaux en cage, il faut qu'on m'explique qui a eu cette idée. C'est à partir de ce moment-là que l'humanité a raté une marche.

Depuis on dégringole mais tout a commencé avec ça, les oiseaux derrière des barreaux. C'est sûr.

La porte était fermée avec un cadenas. Elle avait tenté quelques manipulations mais avait fini par pousser un long soupir.

— À mon avis la clé n'est pas loin, avait dit Stanislas.

— Comment tu sais ça ?

— Je n'en sais rien, mais j'imagine que quelqu'un vient les nourrir tous les jours. Madame Beaussart a l'air d'aimer un peu trop le beige pour avoir envie qu'un jardinier avec ses bottes pleines de terre se pointe à l'intérieur pour chercher la clé.

— Pas faux, avait-elle conclu.

Elle avait soulevé des vases, déplacé une brouette et laissé tomber quelques arrosoirs et puis Stanislas l'avait entendue crier : « Je les ai ! » Un bruissement d'ailes et de plumes avait alors parcouru la volière.

Après ça, tout était allé très vite. Le cadenas qui s'ouvre, Sara à l'intérieur qui parle aux oiseaux – « Ne vous inquiétez pas, j'ai un plan » –, les oiseaux qui ne semblent pas comprendre le plan, Sara qui court dans une direction puis dans une autre comme si elle tentait de guider un troupeau des alpages et puis un miracle, en quelque sorte. Un premier oiseau qui franchit la porte et puis un deuxième et, bientôt, une nuée qui tournoie dans le ciel, et Sara qui rit d'un rire qui résonne encore dans les oreilles de Stanislas, vingt ans plus tard.

Sara avait refermé le cadenas et replacé la clé dans sa cachette. Elle souriait et puis une lumière bleue était venue colorer, par alternance, les façades des maisons voisines et son sourire s'était évanoui. La police était là et la musique s'était arrêtée. Personne n'avait 18 ans ou, alors, vraiment sur la pointe des pieds. « Ma mère me tuerait pour moins que ça », avait-elle dit et, d'un mouvement, elle avait fait rebasculer son corps de l'autre côté de la barrière, dans la légalité. Ils avaient couru, plus pour décharger l'adrénaline que par réelle nécessité, et Stanislas avait senti l'air frais de la nuit lui brûler les poumons. Ce jour-là, il avait eu l'impression de respirer pour deux.

Jamais il ne s'était senti aussi vivant.

11

2015

Stanislas ouvre la conversation avec Sara sur son téléphone, relit sa dernière phrase puis écrit.

« Choisis un chiffre entre 0 et 10. »

La réponse lui parvient immédiatement : « 7. »

12

Stanislas est arrivé en premier. Il arrive toujours en premier depuis qu'il sait qu'il a été le second. Une manière de renverser l'ordre des choses même s'il est le seul à être conscient de cette subtilité. Sara arrive dix minutes plus tard. Elle n'a pas changé. Enfin si, énormément, mais il sait qu'il l'aurait reconnue même de dos. Il lui a toujours trouvé quelque chose d'unique et il sent comme un privilège de voir ce que les autres n'ont jamais compris.

Elle s'assied, pose ses avant-bras sur la table.

— Habituellement je ne lis pas les avis de décès, déclare-t-elle.

— Peut-être. Mais visiblement, je ne peux pas mourir discrètement.

Il décèle dans son regard ce qu'elle a toujours cherché à dissimuler sous son aplomb : l'humour, la finesse et la vulnérabilité. Elle hoche la tête, lève le bras et se met en quête d'un serveur.

Elle pose quelques questions à Stanislas, lui demande s'il est marié, s'il a des enfants et il répond que non.

— Et toi, tu es mariée ?

— Non, dit-elle en faisant un signe vers le bar. Non, j'ai envie de pouvoir me tromper et qu'il n'y ait personne pour me le faire remarquer, ajoute-t-elle en le fixant.

Avant qu'il puisse répondre quoi que ce soit, le serveur arrive et prend leur commande. Une minute plus tard, il pose deux verres sur la table, un blanc et un rouge. Stanislas boit une gorgée de vin en se faisant la remarque que l'alcool a des horaires. Pas le matin mais c'est OK le midi, pas dans l'après-midi mais envisageable après 17 heures, autorisé le soir, la nuit et même le matin si on ne s'est pas couché depuis la veille. Sinon c'est non. Pas le matin.

— Ça doit faire quelque chose d'apprendre le décès d'un homonyme, non ?

Elle poursuit sans lui laisser le temps de répondre.

— Je veux dire, qui a notre âge. Évidemment c'est complètement idiot de réfléchir comme ça, mais on ne peut pas s'empêcher de se dire : « Pourquoi lui et pas moi ? C'était quoi sa vie ? Quels choix a-t-il faits pour en arriver là ? » Enfin, je sais pas, j'imagine, ajoute-t-elle.

— Tu te souviens de mon histoire, n'est-ce pas ? Tu étais la seule à qui j'en avais parlé à l'époque.

Elle acquiesce.

— Je devais avoir 10 ans, reprend Stanislas, quand j'ai posé cette question à ma tante : « Pourquoi moi ? » Aujourd'hui encore je me rappelle chaque mot de sa réponse : « Avant ton père, il y a eu un autre homme. Ta mère et lui étaient sur le point de se marier et puis il est mort. Une chute de plusieurs mètres en voulant escalader une montagne. Alors pourquoi toi, oui c'est vrai. Mais pourquoi tout le monde, en réalité ? »

Sara ne dit rien, se contente de froncer les sourcils comme elle l'a toujours fait. Une expression indéchiffrable, entre la réflexion et la révolte.

— Tu sais d'où vient le mot chance ? demande-t-elle sans attendre de réponse. C'est du latin, *cadere*, tomber. Même racine que la chute.

Elle boit la dernière gorgée de son vin, pose son verre sur la table et puis elle se lève.

— Je t'ai toujours trouvé trop résigné.

13

Stanislas rentre chez lui. Sur le chemin, il a envie de mettre des coups de pied dans les poubelles mais, à la place, il met un pied devant l'autre et avance. Son père lui a répété ça toute son enfance, « avance », et cette idée lui rappelle à quel point cet homme a vieilli. À quel point l'autorité des pères s'éteint avec leur domination physique.

Il s'arrête par esprit de contradiction. Rebrousse chemin sur quelques pas, change d'avis. Il avance. Il repense à ses retrouvailles avec Sara. Il se dit que c'est décevant, comme de revenir sur les lieux de son enfance et de trouver un supermarché à la place de l'école.

Il aimerait tellement penser réellement cette phrase !

Sara était restée loyale à l'enfant qu'elle avait été. Elle ne disait pas les choses pour faire plaisir aux autres. Elle exprimait ce qu'elle pensait mais pas comme tous ces gens qui confondent franchise et grossièreté. Elle était une route sinueuse, dangereuse mais franche. Il fallait rester concentré pour éviter le pire, mais la route, elle, était là depuis toujours. Elle ne changeait pas. Elle ne trahissait pas.

Stanislas continue de marcher jusqu'à ce qu'une canette au sol se trouve en travers de son chemin, à une dizaine de mètres d'une poubelle publique. Il se dit : « Si je parviens à mettre cette canette à l'intérieur de cette poubelle avec un coup de pied, j'appelle Sara. »

Il fait deux pas sur le côté, deux pas en arrière comme il a déjà vu faire des joueurs de rugby. Pendant quelques secondes, il ne quitte pas sa cible des yeux puis il s'élance, frappe de l'intérieur du pied dans la canette qui s'envole et atterrit sur le rebord de la poubelle. Elle ne bouge plus. Elle est là, parfaitement posée à l'horizontale, dans cet étrange équilibre qui ne peut pas être définitif. Autant à l'intérieur qu'à l'extérieur.

Stanislas attend. Il va se passer quelque chose, c'est certain. Elle va tomber d'un côté ou d'un autre, elle ne peut pas rester comme ça.

Mais si. Elle reste. Comme une défiance aux lois naturelles.

Il est seul face à cette canette écrasée qu'il examine en tournant autour de la poubelle. Si quelqu'un le surprenait, sans doute passerait-il pour un fou.

Il n'a jamais cru en Dieu mais il se dit que peut-être Dieu est un homme qui ne supporte pas l'équilibre des choses. Du bout des doigts il pousse la canette qui bascule à l'intérieur de la poubelle.

14

« Mercredi 27 septembre, 14 h 30, cathédrale Saint-Bénigne » et il appuie sur « Envoyer ». Stanislas est sur le point de ranger son téléphone dans sa poche mais il se ravise. Il ajoute : « Ne viens pas avec ton poncho orange. » Avec ces quelques mots, il espère détendre l'atmosphère.

En classe de seconde, le jour de la photo de classe Sara portait un poncho en laine orange. Trop grand, difforme, passé de mode, ce vêtement lui avait valu un tas de moqueries en tout genre. Même elle ne le supportait pas : des plaques rouges s'étaient formées sur sa peau au niveau de l'encolure. Pour autant, elle n'avait réagi à aucune remarque et avait gardé la tête haute et cet air suffisant qui avait le paradoxe d'être tout à fait elle et pourtant de ne pas lui aller du tout. Chaque jour de la semaine, elle avait remis ce poncho.

Elle avait fini par l'ôter lorsque plus personne n'avait plus rien trouvé à ajouter.

Elle n'a pas répondu à son message mais à 14 h 30 elle est sur le parvis de l'église, dans un tailleur noir à la fois sobre et élégant, une paire de lunettes de soleil et un chapeau posé sur ses cheveux tirés en arrière. Elle est méconnaissable et cette pensée fait sourire Stanislas. Pour la reconnaître, encore aurait-il fallu réellement la connaître. Enfant déjà, elle était tout et son contraire. Indescriptible et donc insaisissable.

Sara hoche la tête pour saluer des inconnus tout en s'avançant jusqu'à lui. Elle sait exactement où il se trouve alors que pas une seule fois elle n'a croisé son regard.

— On attend que tout le monde soit à l'intérieur avant d'entrer ? demande-t-elle en lui proposant son bras comme elle le ferait pour aider une vieille dame à traverser la rue.

Stanislas pense qu'elle n'a pas mis son poncho orange mais qu'elle porte toujours cet air de « je ne vois pas où est le problème ». Il prend son bras et ils avancent à la suite des autres personnes endeuillées.

— On l'a connu où ? murmure-t-il.

— Au lycée.

— Lequel ?

— Lycée Charles-de-Gaulle. J'ai vérifié.

Juste avant d'entrer dans l'église, elle lui glisse au creux de l'oreille.

— Ne t'inquiète pas, j'ai toujours été extrêmement forte au jeu des sept familles.

C'est à ce moment précis que Stanislas se demande ce qu'il fout là.

15

Ils sont tous les deux assis au fond de la nef, au dernier rang, le dos droit et le regard fixe. Quelques minutes plus tôt, Stanislas a ouvert l'un des livrets de cérémonie qui se trouvaient sur le banc. Il a vu la photo de cet autre Stanislas Gélin qui ne lui ressemblait pas vraiment et il en a ressenti une forme de soulagement. Sa date de naissance, en revanche, est plus perturbante. Ils ont exactement un mois d'écart. Il ne peut pas empêcher cette pensée absurde de s'installer dans sa tête : est-ce qu'il ne lui reste qu'un mois à vivre ?

Il fait glisser le livret jusqu'à Sara qui hoche la tête. Elle murmure « Il te ressemble » avant de se tourner en direction du chœur.

La cérémonie est classique sauf que l'assemblée est jeune et donc forcément nombreuse. C'est ce qui rend tout plus difficile à supporter : la tristesse sur ces visages lisses, les mille teintes des cheveux, les couples qui marchent toujours à deux, les regards qui se croisent et se comprennent. Stanislas s'en veut d'être là, de sa présence dans ce deuil intime. Il s'en veut surtout d'être un spectateur qui ne ressent rien.

Il est sur le point de se lever et de partir, mais comme si elle lisait dans ses pensées, Sara pose sa main sur sa cuisse.

— Pense à ta grand-mère.

Et Stanislas pense à son gratin de pommes de terre. Il aurait sans doute pu mieux faire sans cette main venue effleurer sa cuisse une fraction de seconde.

Chaque fois que quelqu'un s'installe pour prendre la parole derrière le pupitre, Sara annonce le lien de parenté. Elle dit : « sa mère », « son père », « son frère », « son meilleur ami… hum non son cousin plutôt ». Elle doute à peine, dit que ça ne change pas grand-chose de toute façon et elle poursuit. Elle analyse la situation avec flegme et pragmatisme. À un moment, elle se tourne vers Stanislas et, comme si elle commençait à comprendre qu'elle lui faisait peur, elle annonce :

— J'ai un doctorat en sciences sociales. J'ai pas mal étudié les gens.

Puis elle ajoute :

— Et j'ai beaucoup, beaucoup joué au jeu des sept familles.

Soudain, une femme se lève et cette fois, Sara ne dit rien. Ses chaussures claquent sur la pierre et résonnent dans l'immense bâtiment empli de silence et de chagrin. Elle s'installe derrière le pupitre, défroisse un tas de feuilles avec des gestes brusques.

Elle prend une grande inspiration et, dans un soupir sec, le soupir d'une personne sur le point de sauter du haut d'une falaise, elle commence à parler.

— J'ai voulu écrire quelque chose… Stan aurait trouvé ça ridicule. J'ai jamais été capable d'écrire la moindre phrase. C'était lui qui faisait mes rédactions au collège et moi ses devoirs de maths au lycée.

Elle s'arrête, fait une courte pause, reprend sa respiration.

— En même temps, il faut être sacrément nul en math pour mourir avant ses 40 ans.

Sa voix se brise et ses yeux se perdent dans les fresques qui habillent le plafond de la nef.

— Une crise cardiaque quand on a un cœur si bien accroché, un cœur qui aime tant battre et qui grossit à chaque nouvelle rencontre, franchement, les calculs ne sont pas bons, Stan. J'aurais dû te laisser les bosser ces probabilités. T'aurais bien vu que ça ne collait pas. Que c'est tombé sur toi alors que c'était pas logique, que ça aurait dû arriver à un autre. Pardon, ce n'est pas ce que je voulais dire… je… je n'ai aucun mot pour décrire la peine que je ressens aujourd'hui et mes pensées vont vers Émilie, bien sûr. Elle a préféré ne pas être présente aujourd'hui, ce que je comprends tout à fait, dans son état. Nous serons là pour elle et pour ce petit garçon qui naîtra dans les prochaines semaines.

Stanislas se tourne vers Sara pour s'assurer qu'elle a compris la même chose que lui mais elle est déjà ailleurs, perdue quelque part au milieu d'une conversation qui se tient juste sur le banc devant elle. Un homme vient de glisser une phrase au creux de l'oreille de sa compagne. Une phrase comme un murmure pour que personne d'autre ne l'entende mais qu'elle, Sara, a tout de même saisi : « Il n'en voulait pas de cet enfant de toute façon. C'est elle qui avait insisté. »

16

Ils n'ont pas suivi le cortège jusqu'au cimetière. Ils se sont assis à la terrasse d'un restaurant. Elle a commandé deux cafés, ajouté « un allongé, c'est ça ? » et Stanislas a acquiescé, un peu surpris. Ils n'ont jamais bu de cafés ensemble.

Elle explique que dans la vie, il n'y a pas de magie, juste des informations qu'il faut savoir lire. La plupart se trouvent sur le visage des gens, dans l'intonation de leur voix, le rythme de leur respiration, l'intensité de leur regard. Il faut aussi prendre en compte leur manière de s'habiller, leurs gestes, les mots qu'ils emploient, leur accent. Elle a toujours eu ce genre d'intuition. À l'école déjà, elle repérait l'enfant qui avait reçu un nouveau vélo la veille ou celui dont la grand-mère venait tout juste d'être admise à l'hôpital. C'est imperceptible, et sans doute aurait-elle pu faire le choix de ne pas le remarquer. Mais c'était plus fort qu'elle, elle aimait gagner et elle s'était rendu compte que bien souvent, l'observation faisait remporter des parties.

— Le fameux jeu de sept familles, lance-t-il, moqueur.

— Exactement. Quand tu demandes un membre de la famille lapin et que la personne n'a même pas de lapin dans son jeu… Tu vois ?

— Heu… oui.

— Il y a d'abord une fraction de seconde d'incompréhension, puis la personne comprend que sa réalité n'est pas la réalité.

Elle fait une pause, touille son café en silence.

— Dans la vie, il faut repérer ceux qui ont une carte de la famille lapin et ceux qui n'en ont pas.

Stanislas éclate d'un rire qui le surprend lui-même.

— C'est ta philosophie de vie ?

— Non, ma philosophie de vie c'est de n'avoir aucune carte.

Elle pose sa tasse vide sur la table.

— On y va ?

— Où ça ?

— Chez ton homonyme.

— Hein ?

— Ils sont tous chez ses parents. Ils ont organisé un repas funéraire là-bas. Ils habitent rue Louis-Braille. J'ai entendu sa mère le dire tout à l'heure.

— Et son adresse à lui ?

— De l'autre côté de la ville.

— Comment tu as fait ?

— J'ai écouté.

Il l'observe quelques secondes, elle soutient son regard sans ciller.

— Tu mens.

Il ne sait pas pourquoi il a dit ça. En réalité, il ne le pense pas vraiment, enfin il n'en sait rien, il ne s'est même pas posé la question. Cette phrase, ces deux mots sont sortis tout seul. Il n'a aucune prise sur ce qui est en train de se passer, sur ce qu'il a entendu et sur ce qui le touche malgré lui. Les probabilités, ça a toujours été son truc. Est-ce que c'est ce qui le sauvait ? En permanence ? Peut-être. Mais jusqu'à quand ? Il n'en a pas la moindre idée. Tout comme il ne sait pas si Sara ment. D'abord elle ne réagit pas puis son sourcil se lève et une fossette se creuse dans sa joue droite. Elle pousse un long soupir.

— Je me suis souvenue d'un duo de cambrioleurs qui a fait la une de la presse il y a quelques années. Ils opéraient pendant les obsèques. Ils lisaient la rubrique nécrologique du journal puis ils cherchaient dans l'annuaire l'adresse des défunts. Ils étaient sûrs que personne ne passerait chez lui à ce moment-là.

Il est sur le point de réagir mais elle le coupe avant.

— Or je savais que si je te disais ça, tu ne serais pas d'accord.

— Je ne suis pas d'accord.

— Voilà.

Sara fait une pause avant de reprendre.

— On ne va rien prendre, rien toucher. On va juste voir.

— Mais pourquoi tu veux faire ça ?

— Tu connais Charles Péguy ?

— Non.

— Charles Péguy a dit : « Quarante ans est un âge terrible. Car c'est l'âge où nous devenons ce que nous sommes. »

Elle ne lui laisse pas le temps de réagir, elle se lève et puis s'en va.

17

Une vieille Twingo vert pomme est garée à quelques mètres de là, une roue sur le trottoir et le pare-chocs collé à un panneau « stationnement interdit ». La portière droite est enfoncée et des marques d'accrochages sont visibles de part et d'autre de la carrosserie. Les mains dans les poches, Stanislas observe l'état général de la voiture.

— J'ai arrêté d'aller dans les parkings, dit-elle en attrapant la contravention coincée sous le bras de l'essuie-glace. Je ne supportais plus les constats, la mauvaise foi et les désaccords qui finissent toujours par un partage des responsabilités. Je n'aime pas partager les responsabilités.

L'ouverture centralisée ne fonctionne plus, alors Sara glisse la clé dans la serrure, s'installe à la place du conducteur et s'étire de tout son long pour ouvrir de l'intérieur, du bout des doigts, la portière à Stanislas. Des tonnes d'affaires jonchent les sièges : des vêtements, des sacs en papier, des bouteilles d'eau vides, des livres, des magazines, un paquet de gâteaux entamé. Il y a même la reine d'Angleterre qui secoue la main et hoche la tête sur le tableau de bord.

— Tu vis là ?

— Il doit y avoir une grande enveloppe quelque part, dit-elle en démarrant le moteur. Peut-être sous ton siège. Tu peux regarder ?

Stanislas passe prudemment sa main à l'aveugle, sur le plancher du véhicule.

— Celle-là ? dit-il en montrant sa trouvaille.

— Oui.

— J'en fais quoi ?

— Mets-la dans mon sac. C'est bon ? T'es attaché ?

Elle n'attend pas sa réponse et se met en route.

* *
*

Sara se gare devant un petit immeuble de trois étages planté derrière un carré d'herbe où survivent quelques fleurs. Des marches mènent à une vieille porte en bois près de laquelle se trouve un interphone avec trois noms. Dont celui de Stanislas Gélin.

Le bâtiment est étroit et paraît coincé entre deux grandes maisons sur le point de l'engloutir. La rue est déserte. Il n'y a personne aux alentours, pas même le bruit d'une voiture ne leur parvient aux oreilles.

— Viens, on va sur le trottoir d'en face, lance Sara.

Elle s'adosse à un muret, croise les bras et lève le visage vers le ciel pour attraper un rayon de soleil.

— On fait quoi, maintenant ?

— On attend.

Après plusieurs secondes à hésiter, Stanislas finit par l'imiter et s'installe à ses côtés.

— Qu'est-ce qui t'a fait revenir à Dijon ?

— La vie, dit-elle, sans même ouvrir les yeux.

— Sara...

— Je te raconterai. Mais pas maintenant. C'est... je ne suis pas prête, soupire-t-elle.

Un bruit métallique les coupe dans leur conversation. Une vieille dame arrive au coin de la rue en traînant derrière elle un chariot à roulettes. Sara se redresse d'un bond et se précipite vers elle.

— Attendez, je vais vous aider !

Stanislas l'observe se saisir du chariot d'une main, monter les marches à toute vitesse, déposer les courses, revenir en arrière, ramasser un poireau, remonter, redescendre, tendre son bras, accompagner chaque pas de la vieille dame sur chaque marche, ralentir, se forcer à ralentir, sourire, la laisser glisser la clé dans la serrure, patienter, sourire, lui tenir la porte, la laisser passer, la suivre, ressortir, faire un signe à Stanislas, articuler un « dépêche-toi ! » suivi d'un « 3e étage » en pointant du doigt le plafond, disparaître à nouveau.

Il s'exécute, il ne sait pas pourquoi, mais il s'exécute. Depuis qu'il a revu cette fille, il fait tout ce qu'elle lui demande. Il prend l'escalier et compte les marches. Ça le rassure. Alors il compte. Sara le rejoint peu de temps après devant la porte d'entrée.

— Et là ? On fait quoi ? demande-t-il.

— J'ai regardé une vidéo sur YouTube, dit-elle.

Elle passe sa main sur la porte, réfléchit.

— C'est une porte trois points. Avec une cornière antipince et une poignée blindée.

— Et ?

— Elle est juste claquée, ajoute-t-elle avec l'assurance de ceux qui ne savent rien.

Aussitôt, elle sort de son sac la grande enveloppe pliée en quatre. Ses gestes sont rapides mais Stanislas devine alors qu'il s'agit d'une radio. Sara prend une grande inspiration et fait glisser la radio dans le chambranle tout en faisant pression contre la porte. Après quelques manipulations désordonnées, la porte s'ouvre.

* *
*

— Et si elle n'avait pas été juste claquée ? Qu'est-ce qu'on aurait fait ?

— J'en sais rien. Je ne fais jamais la liste des si.

Stanislas la regarde. Justement, lui, il ne fait que ça. Des listes – il a même une liste des listes qu'il aimerait faire –, et plus particulièrement celle des si. Des si qui le rendent fou, d'ailleurs, et qui l'empêchent parfois de prendre des décisions. Car et si ? Et s'il prenait cette route plutôt qu'une autre et qu'une branche d'arbre lui tombait sur la tête ? S'il demandait à sa mère de récupérer un colis à sa place et que sur le chemin elle se faisait renverser par une voiture ? S'il acceptait à la dernière minute d'aller assister à ce concert et qu'un fou y tue tout le monde ? Il y pense parfois. Souvent.

Ils sont sur le pas de la porte mais aucun d'eux n'ose poser un pied à l'intérieur. Le parquet pourrait grincer et ce bruit leur rappellerait qu'ils profanent ce lieu. Mais dans le silence de leur hésitation, le tic-tac d'une pendule leur parvient et Stanislas finit par avancer. Il déteste ce son qui le plonge dans la langueur des dimanches de son enfance, ces heures interminables à attendre que le temps passe. Le mécanisme d'une pendule et le moteur des Formule 1 qui tournent des heures autour d'un circuit, et il peut frôler la crise d'angoisse.

— On ne touche à rien, d'accord ?

— Bien sûr, dit-elle en reposant doucement une boîte en bois.

Le salon n'est pas très grand, il y a un canapé rouge, un fauteuil bleu, des coussins jaunes. C'est entre le bon et le mauvais goût, cette fine frontière créée par ceux qui décident pour les autres. Quelques magazines traînent sur la table basse en bois blanc et des bibelots envahissent les étagères. Tout ce que Stanislas a toujours considéré comme inutile.

— Il ne devait pas être bavard, dit Sara.

— Pourquoi tu dis ça ?

— Là, regarde. Un saxophone.

— Et ?

— Je sais pas, t'as déjà eu beaucoup de discussions avec un bec de saxophone dans la bouche, toi ?

— Non, mais en même temps, je ne joue pas du saxophone, réplique Stanislas. Ce serait idiot de me mettre volontairement un bec dans la bouche pour discuter avec les gens.

Elle le fixe, longtemps, avant de lui tourner le dos.

Stanislas continue son exploration et se dirige vers le frigidaire. Il regarde les faire-part aimantés sur la porte : naissance, mariage, une carte postale de Thaïlande, une des Landes. Il y a quatre clichés pris dans un photomaton, un homme et une femme, elle avec un carré court et un long trait d'eye-liner sur les yeux. Il imagine que c'est Émilie.

— Nouveau couple, dit Sara en observant les quatre photos par-dessus son épaule. Moins d'un an de relation.

— Ça m'étonnerait.

— Bien sûr que si. Là, une date. C'était il y a sept mois. Tu vois comment il la regarde sur la dernière ? Et puis ils s'embrassent dès la première photo. Quand on s'embrasse au premier flash, c'est qu'on est assez amoureux pour oublier qu'on est avant tout ridicule. Alors que quand on s'embrasse sur la dernière, c'est qu'on est arrivé au bout du truc et qu'on se dit : « Ah oui tiens, si on s'embrassait pour celle-là ? » C'est la raison qui te rappelle ce que t'es censé faire.

— Elle est enceinte…

— Pas besoin d'être ensemble depuis une éternité pour décider de faire un enfant.

Elle ouvre la porte du frigo.

— Champagne au frais. Mille choses à fêter. Moins d'un an de relation.

* *
*

Dans un coin du salon, Stanislas remarque une jarre en verre posée sur une étagère. À l'intérieur, des dizaines et dizaines de bouts de papier de taille identique. Tout en prenant bien soin de ne pas toucher le rebord, Stanislas en saisit un du bout des doigts. C'est un ticket de loto qui date de l'année dernière composé d'une seule ligne de six nombres. Il plonge à nouveau sa main à l'intérieur, celui-ci est du samedi 14 septembre 2013, toujours une seule ligne des mêmes numéros. Il recommence encore et encore.

— Sara. Viens voir.

Elle arrive derrière lui.

— Je croyais qu'il ne fallait toucher à rien.

— Tous les samedis de sa vie, cet homme a joué au loto, dit-il sans relever. Toujours les mêmes numéros.

Elle en attrape un et le lit à voix haute.

— 06, 18, 19, 30, 43, 02.

— Tu crois que ça signifie quelque chose ?

— Date de naissance, mariage, enfant, deuxième enfant, hum... pointure de chaussures et nombre de mains.

Stanislas sourit, mais au fond de lui cette découverte le déprime.

— Qu'est-ce qu'il y a ? lui demande-t-elle.

— Notre vie serait une liste de six bons souvenirs.

Il parcourt la pièce des yeux et son regard se pose sur une corbeille à fruits qui contient des pommes, des poires et une banane.

— Six bons souvenirs perdus au milieu d'une infinité de mauvais, conclut-il.

* *
*

— T'es rabat-joie, dit-elle.

Ils marchent côte à côte pour rejoindre la voiture.

— N'importe quoi.

— Bien sûr que si.

— Mais de quelle joie tu parles, Sara ?

— Chaque seconde dans le monde, 1,81 personne meurt. Ça fait 109 par minute et près de 157 000 par jour. Si tu ramènes sur une année, on arrive à près de 57,3 millions de décès.

— Et donc ? C'est moi le rabat-joie ? demande-t-il.

Elle hausse les épaules.

— Il y en a plus qui naissent.

Elle ouvre la portière de la voiture et, juste avant de s'engouffrer à l'intérieur, elle ajoute :

— Je trouve que le taux de mortalité du Stanislas Gélin est assez élevé et que tu t'en sors très bien.

18

1992-1993

Sara avait grandi avec sa mère dans un petit appartement de 28 mètres carrés situé en périphérie de Dijon. La ligne 15 s'arrêtait en bas de son immeuble et cette trajectoire avait conditionné la plupart des décisions de sa vie. Son collège, la gym plutôt que le handball, Manon plutôt que Lucie. C'était ça, aussi, le champ des possibles. Une ligne de bus.

Pour autant, Sara n'avait manqué de rien : sa mère avait toujours préféré les vacances aux meubles. Leur table basse était faite de cartons, mais chaque année elles partaient ensemble dans le camping d'un petit village, à moins de 50 kilomètres de chez elles. Là-bas, c'était ailleurs et c'était bien suffisant.

Elles possédaient de nombreux souvenirs mais aucun support pour les exposer. Sa mère lui disait : « Le support, c'est la mémoire » ; et il était vrai que le bruit du vent sur la toile de leur tente orange et bleue, l'odeur du plastique du matelas gonflable et la sensation du sac de couchage sur leur peau, ça ne s'encadrait pas.

La mémoire, c'était l'obsession de sa mère. Pour la travailler, elle changeait régulièrement les affaires de place et il fallait alors se réinventer. Le sucre n'était plus à sa place et sa place ne serait plus jamais la sienne. Toute sa vie Sara avait entendu sa mère lui répondre « cherche » à la plupart de ses questions et c'est sans doute ce qu'elle faisait de mieux aujourd'hui. Chercher.

Alors, quand son monde chancelait, quand elle ne savait plus où placer ses repères, c'était ce qu'elle faisait. Elle cherchait. Dans sa mémoire, dans celle des autres.

Parfois elle trouvait. Mais il lui était difficile de savoir quoi.

À l'étage inférieur, quasiment sous leur appartement, vivait une femme qui devait à peu près avoir l'âge de sa mère. Clarisse. Clarisse Belcourt. Elle habitait seule, travaillait dans un grand bâtiment en verre à six arrêts de bus de là, et chaque matin son parfum embaumait la cage d'escalier comme une odeur de pain et venait s'échouer sur leur palier. Sara croisait souvent cette femme au sourire triste ou à la tristesse heureuse avec qui elle échangeait quelques mots. Clarisse prenait toujours le temps de lui demander si elle allait bien et comment se passait l'école.

Un jour, une voisine avait sonné à leur porte pour déposer un Tupperware de madeleines. Cela arrivait souvent, dans l'immeuble, de cuisiner un peu trop, de façon à avoir une bonne raison de discuter avec ses voisins. De là où elle était, Sara pouvait entendre la conversation qu'elle écoutait d'une oreille distraite tout en faisant ses devoirs.

— Vous savez, Mme Belcourt, en dessous. Celle dont le mari a sauté par la fenêtre.

— Je vois très bien qui est Mme Belcourt, avait répondu sa mère d'une voix douce mais ferme.

Quand elle eut refermé sa porte, elle était venue s'asseoir à côté de Sara. Elle n'avait fait aucun commentaire sur le drame en question. Elle s'était contentée de lui dire ceci :

— À partir de maintenant, je sais qu'à chaque fois que tu croiseras Mme Belcourt tu auras cette image qui viendra prendre toute la place dans ta tête. La place de cette nouvelle tenue qui lui va bien, de sa bonne humeur, de ce qu'elle te raconte. Les drames effacent les gens. C'est pour cette raison, Sara, n'oublie jamais… que les choses graves doivent être dites en dernier.

Elle avait fait une pause, avait réfléchi puis avait ajouté :

— Et même, si c'est possible, ne les dis jamais.

19

2015

Stanislas a souvent eu cette pensée : vieillir c'est rencontrer de plus en plus de personnes jeunes. La semaine dernière, il est tombé sur un article qui disait que l'âge médian en France pour un homme, autrement dit l'âge pour lequel il y a autant de personnes plus jeunes que de personnes plus âgées, c'était 39,9 ans.

Dans trois semaines, il basculera.

Laurent, lui, est de l'autre côté depuis trois ans. Il s'en fiche. Il suffit d'avoir toujours 39 ans sur l'application de rencontre qu'il utilise et le tour est joué. D'ailleurs, « le tour est joué » est son expression favorite.

— J'ai vu Sara.

— Ah ? Alors ? Pas terrible c'est ça ? questionne Laurent.

— Tu crois en la chance, toi ?

— Difficile de trancher. C'est un peu comme croire en Dieu, si tu veux mon avis.

— C'est-à-dire ?

— On y croit quand on en a besoin. Et pour l'instant, j'en ai pas vraiment besoin.

Laurent plie son bras en angle droit et embrasse son biceps.

Parfois, quand Stanislas le regarde, il pense à Patrick Bateman, le personnage d'*American Psycho*. Ses cheveux gominés, son menton carré, ses lèvres fines. Laurent porte même un marcel que l'on voit en transparence sous ses chemises parfaitement repassées. Il va à la salle de sport trois fois par semaine, fait attention à ce qu'il mange, un peu moins à ce qu'il boit. Stanislas sait que son ami va chez une esthéticienne se faire retirer les poils qui le dérangent mais c'est une chose qu'il lui serait impossible d'admettre. Il a une confiance en lui qui, au premier abord, peut paraître démesurée. Il évoque facilement l'intégralité de ses succès dès les premières minutes d'une discussion et serait capable d'expliquer à un cardiologue où se trouve le cœur. Il faut patienter pour accéder au reste de ce personnage et, bien souvent, la patience des gens a ses limites. Mais pour Stanislas ce n'est pas un problème. La patience et l'observation ont toujours fait partie de ses qualités. Il a surtout compris que Laurent a eu une enfance écrasée par une figure paternelle extrêmement autoritaire, voire violente, et que s'il y a bien une chose qui laisse des traces dans la vie, c'est l'enfance. Alors il l'excuse.

— Tu ne m'as pas répondu pour Sara. Elle est comment ? insiste Laurent.

Stanislas repense à la veille quand, au moment de se séparer, il a posé à Sara la question qui lui brûlait les lèvres depuis le début de la journée : « Et la vieille dame ? S'il n'y avait pas eu de vieille dame pour nous ouvrir la première porte ?

— Ça, c'est de la chance. Tu crois en la chance ?

— Je ne sais pas.

— Il faut toujours croire en la chance. C'est le seul moyen de la faire exister. »

Stanislas prend une gorgée de bière, il avait toujours pensé qu'il fallait être chanceux pour croire en la chance mais depuis qu'il voyait à nouveau Sara, il n'en était plus vraiment sûr.

— Elle est… elle est spéciale, finit-il par dire.

Mais ça, il le savait déjà.

20

1992-1993

Après la soirée chez Guillaume Beaussart, il ne s'était rien passé de particulier. Du moins pas tout de suite. La moitié de la classe avait été privée de sortie pendant trois mois et de toute façon, plus aucun parent n'était disposé à laisser une fête s'organiser sous leur toit. Éric, qui avait été retrouvé à moitié nu et pleinement inconscient sur l'un des transats de la piscine, fut déclaré coupable de l'épisode de la volière. Et puisqu'il n'avait plus aucun souvenir, sa défense un peu faiblarde – « Peut-être. Mais peut-être pas aussi » – n'avait pas suffi.

Parfois, en classe, Stanislas observait Sara du coin de l'œil, en se demandant qui elle était vraiment et ce que cachait cette attitude à la fois froide et distante. Le mystère était resté entier puisqu'ils ne s'étaient plus jamais adressé la parole excepté la fois où Sara n'avait plus de copie double.

Et puis un jour, elle était montée dans le même bus que lui et avait pris la place à côté de la sienne.

— Tu marches vite, toi ? lui avait-elle demandé.

— Je ne sais pas.

— Par rapport à une vitesse normale. Plus vite ou moins vite ?

— Je dirais plus vite. Pourquoi ?

— J'avais un oncle qui marchait extrêmement vite. Il était pressé, comme ça, sans raison particulière. Il est mort très jeune. Depuis je me demande si nous avons l'allure de notre espérance de vie.

— Et tu marches vite toi ?

— J'essaie de ralentir.

Elle l'avait fixé avec sérieux avant de se tourner vers la fenêtre.

— Tu vas où ? reprit-elle.

— Aux échecs. Et toi ?

— Ma réussite.

— Ah.

— Un casting pour un rôle dans une pièce de théâtre, avait-elle précisé.

— Tu fais du théâtre ?

— Non. Et toi ?

— Heu, non.

Elle s'était levée, avait dit : « Souhaite-moi bonne chance » avant de filer vers la sortie et de descendre à l'arrêt juste avant le sien.

Le lendemain, elle lui annonçait qu'elle avait le rôle.

C'était la première fois qu'elle lui avait adressé réellement la parole au lycée. Elle avait dit : « Le spectacle est en juin, tu viendras ? » Puis elle était allée s'asseoir à l'autre bout de la classe, sans même attendre sa réponse.

La semaine suivante, ils s'étaient retrouvés de nouveau ensemble dans le bus, celui qui allait vers les réussites et les échecs en empruntant pourtant le même chemin. C'est là que Stanislas lui avait raconté son histoire, celle qu'il n'avait jusque-là jamais confiée à personne. Ce frère, au même nom, qui n'avait pas survécu. Aujourd'hui encore, il ne sait pas ce qui l'avait poussé à lui raconter cela. Mais quand Sara s'était apprêtée pour descendre à son arrêt, il lui avait dit :

— Il est mort et je suis vivant. Qu'est-ce qu'on fait d'une pensée comme ça ?

Elle l'avait observé plusieurs secondes mais elle n'avait rien répondu. Le bus s'était penché sur le trottoir et elle était sortie.

Son silence. Il n'en avait pas dormi de la nuit.

21

Le silence de Sara avait duré une semaine. Et puis un jour, en cours de mathématiques, elle s'était installée à côté de lui, avait sorti ses affaires, placé ses mèches de cheveux derrière ses oreilles et avait prétendu ne pas sentir le regard qu'il posait sur elle. Son regard à lui qui avait glissé le long de son nez, au creux de ses joues et sur le contour de ses lèvres. Il s'était demandé si de l'autre côté, son profil était aussi bien dessiné.

— Tu as de grands pieds, avait-elle affirmé.

— Pardon ?

— Tes pieds. Ils sont grands. Ça veut dire que tu es quelqu'un de stable.

— Ah bon ?

— Je sais pas. Tu es stable ?

— Oui, enfin je crois.

— Ben voilà. La théorie se confirme.

Étonné par cette fille qui ne ressemblait à aucune autre, il lui avait demandé :

— Le sept c'est ton chiffre préféré ?

— Non, pourquoi ?

— Quand tu m'as dit de choisir un chiffre entre zéro et dix…

Un grand sourire avait éclairé le visage de Sara.

— Quand tu as envie de faire quelque chose dans la vie, mais que tu veux prétendre que ce n'est pas vraiment une décision qui t'appartient, mais plutôt que c'est l'autre ou même le monde, l'univers, qui t'envoie un signal de ce que tu dois faire, eh bien tu poses cette question : choisis un chiffre entre zéro et dix. La réponse n'a aucune importance.

Elle s'était penchée vers lui et avait murmuré :

— De manière générale, les réponses n'ont jamais aucune importance.

Stanislas avait voulu lui demander si cela signifiait que leur destin était écrit d'avance, mais au même moment Mme Pacaux était entrée dans la classe. Elle avait demandé le silence et Sara avait aussitôt pivoté vers le tableau pour se concentrer sur la leçon du jour ; les équations à deux inconnues.

— C'est un peu toi et moi, ça, lui avait-elle soufflé.

— Sara ? Quelque chose à dire, peut-être ?

— Non, madame.

Les mathématiques avaient toujours été la matière préférée de Stanislas, mais à partir de ce moment-là elles devinrent aussi son moment préféré. Il faisait en sorte d'être en avance pour être sûr de pouvoir s'asseoir au premier rang, sous les énormes seins de Mme Pacaux, une femme qui se donnait beaucoup de mal pour ne pas vieillir et qui, finalement, avait réussi. À 43 ans, brutalement, elle n'avait plus vieilli. Mais pour l'instant, Mme Pacaux était bien vivante et notait son cours au tableau.

— Admettons que nous voudrions résoudre cette équation en tâtonnant. Il faudrait essayer de remplacer le x par un chiffre au hasard jusqu'à ce que cela fonctionne. Je vous propose d'essayer. Sara, peux-tu choisir un chiffre entre zéro et dix ?

Stanislas s'était redressé sur sa chaise.

— Bien sûr, madame. Le sept, avait-elle dit dans un immense sourire.

22

2015

Cynthia ne questionne pas les choses. La vie est telle qu'elle est, telle qu'elle devrait être. Ce n'est pas du fatalisme, c'est de la sagesse. « Le temps passe et ça n'arrange personne, dit-elle. Mais enfin sans le temps qui passe, pas de cheveux blancs. Et sans cheveux blancs, j'aurais eu beaucoup moins de clientes. »

Tous les dimanches elle accueille son fils chez elle, c'est chez eux mais elle dit chez elle, c'est sa maison après tout, c'est elle qui la tient debout. Son mari change une ampoule de temps en temps. Mais à part ça, il est à l'hôtel. C'est ce qu'elle lui dit les jours où elle en a marre. Et aujourd'hui c'en est un.

Elle souffle quand le four sonne, souffle quand elle essaie de poser le plat sur la table et que personne n'écarte la carafe, souffle encore quand elle demande à David quel morceau il veut et qu'il lui répond : « Celui que tu ne veux pas. »

— Ton père s'est mis au haïku, dit-elle à Stanislas en lui passant le plat.

— Au quoi ?

— Ce sont des poèmes japonais. En trois vers. Il y a une histoire de syllabes.

— Le premier vers fait cinq syllabes, intervient David. Le deuxième, sept, et le troisième, cinq à nouveau. Soit dix-sept syllabes en tout.

— Voilà. Encore un truc d'une grande utilité, réplique Cynthia.

— Et heu, ça donne quoi ? demande Stanislas.

David attrape sa serviette, s'essuie le coin des lèvres et la plie minutieusement devant lui.

— « Plus tôt dans la nuit,/ une feuille solitaire,/ tombée sans un bruit » récite-t-il.

— C'est fini, précise Cynthia.

— Ah d'accord.

Stanislas observe son père. C'est un homme qui regarde les gens dans les yeux mais qui pense toujours à autre chose. Peut-être ne regarde-t-il pas dans les yeux, d'ailleurs, mais quelque part derrière. Peut-être a-t-il un problème de distance. Comme si son regard était une canne à pêche et qu'il la jetait toujours un poil trop loin, quelque part dans les ronces, au-delà de la rivière. C'est ce à quoi Stanislas pense quand il sent son téléphone vibrer. Il s'excuse, se lève et part s'enfermer dans la pièce de son père. Celle où des dizaines de canevas tapissent les murs.

— Allô ? chuchote-t-il.

— J'ai fait un truc bizarre, répond Sara.

— Bizarre comment ?

— Bizarre normal.

— Ça n'exist…

— Quand on était dans l'appartement de ton homonyme, le coupe-t-elle, j'ai noté son adresse e-mail. Au cas où.

Il sourit.

— Au cas où il y ait le feu et que l'on doive s'enfuir à toute vitesse pour survivre ?

Sa langue claque subtilement sous son palais.

— Au cas où, c'est tout. Je me suis dit, enfin je sais pas, j'ai… disons que j'ai tenté les chiffres du loto en mot de passe. Et ça a marché.

— Mais qu'est-ce que tu veux qu'on fasse de ça ?

— Tu plaisantes ? Qu'est-ce que tu voudrais qu'on ne fasse pas d'un truc pareil ?

23

Sara lui a donné rendez-vous en fin d'après-midi à la fête foraine. « La fête foraine est l'endroit le plus triste que je connaisse. J'adore y aller », a-t-elle dit avant de raccrocher.

Stanislas la rejoint sur le stand des autos tamponneuses. Sur la piste une seule voiture slalome entre les autos arrêtées. Au volant, une petite fille rit chaque fois qu'elle percute une voiture vide, avant de chercher furtivement sa mère du regard.

— Tu vois, cette scène, il y en a plein des comme ça ici. De l'agitation superficielle. Des néons, du bruit, des enfants qui essaient de convaincre leurs parents qu'ils s'amusent. Des parents qui pensent à leur propre enfance qui ne reviendra plus. Après je rentre chez moi, gonflée de cette tristesse infinie, je fais du thé, s'il se met à pleuvoir c'est encore mieux et je pense à des choses horribles. La plupart du temps, mais je ne sais jamais quand, mon âme finit par faire un sursaut. Et là, c'est génial.

— Qu'est-ce qui est génial ?

— La prise de conscience que la mélancolie est le luxe de ceux qui sont en vie.

La dame dans sa cahute appuie sur un bouton et de la fumée bleue sort d'un fumigène : « C'est parti, c'est parti », annonce-t-elle d'une voix rauque, et Stanislas imagine que si l'écho avait la flemme, ça ressemblerait à ça.

— On va ailleurs ?

Ils font quelques mètres en silence jusqu'à un stand tenu par un monsieur vautré sur une chaise pliante. Il porte un tee-shirt et un short alors qu'il fait 12 degrés, comme s'il n'y avait pas de saison et sans doute a-t-il raison. Après tout, c'est ce que tout le monde répète à longueur de journée. Sara commande des churros.

— Tu sais, j'ai bien réfléchi à ta question, reprend-elle. Je crois qu'il y a de moins en moins de possibilités d'observer la chance. Je veux dire, à mesure que les êtres humains contrôlent les choses, que la technologie se développe, la chance disparaît. Quand j'étais petite, la maîtresse nous demandait d'aller appuyer sur un bouton pour faire sonner la fin de la récréation. C'était manuel, c'était en fonction de ses humeurs, de la discussion qu'elle avait avec une collègue, de la nuit qu'elle venait de passer. Il y avait tout un tas de flux invisibles qui venaient modifier le cours des choses. Maintenant c'est automatisé et, à 10 heures, quoi qu'il arrive, la cloche sonne. Avant, le monde était moins juste, c'est sûr, mais alors la chance existait. Elle existait vraiment.

Le vieil homme lui tend un cornet et Sara croque dans un churros.

— Quand on rentrait en classe, on jetait un œil à l'horloge, on voyait bien que la grande aiguille avait fait pas mal de chemin depuis qu'on avait quitté notre chaise pour aller jouer dehors et on avait l'impression d'avoir gagné au loto.

Elle frotte des grains de sucre collés tout autour de sa bouche puis elle reprend :

— On connaît désormais la météo heure par heure. Les GPS nous font prendre le chemin le plus court. Un moteur de recherche tranche sur chacune de nos hésitations. On n'est plus chanceux. On n'est plus malchanceux. On est efficace.

Elle fait une pause, réfléchit.

— Finalement, je ne sais pas si on maîtrise plus de choses. Je pense qu'on a plein de nouveaux outils qui nous le font croire. Mais ce n'est qu'une illusion. Et quand la malchance nous frappe, le monde s'écroule davantage.

Ils continuent de marcher jusqu'à la plus grande attraction de la fête. Le bomber max, un bras métallique qui bascule dans le vide à toute vitesse. Leurs têtes balancent de la droite vers la gauche pour suivre les visages pétrifiés de ceux qui ont payé pour ça. Stanislas pense à cette phrase qu'il a lu la veille dans un biscuit chinois et qui lui a plombé son après-midi : « La vie oscille, comme un pendule, de droite à gauche, de la souffrance à l'ennui. » C'était signé Schopenhauer.

Sara se dirige vers la caisse pour prendre un ticket et Stanislas ne la suit pas. Il a toujours détesté les sensations fortes.

— Tu attends quoi ?

— Rien.

Elle hausse les épaules.

— À force de ne rien attendre, ça va finir par arriver.

Elle le rejoint cinq minutes plus tard, les cheveux en bataille, des larmes au coin des yeux et la peau rougie par le froid. Comme si de rien n'était, elle récupère le sachet de churros que Stanislas lui a gardé. Ils s'en vont jusqu'au parc qui jouxte la fête foraine et Sara s'assied sur le dossier d'un banc. Elle a 40 ans mais elle a soudain un nombre incalculable d'âges.

— C'est quoi ta plus grande peur ?

Sa plus grande peur, pense-t-il, à part les grands bras mécaniques qui basculent dans le vide, il n'en a pas la moindre idée.

Quand il était plus jeune, il faisait partie d'une équipe de foot. Courir après un ballon avec d'autres enfants qui courent eux aussi après un ballon, c'était une chose qui le rendait heureux. Dans ces moments-là, il avait l'impression de ne penser à rien d'autre et que son cerveau s'éteignait enfin. Il portait le numéro 13 parce qu'il était arrivé après tout le monde et qu'il ne restait que celui-ci dans le grand sac de sport éventré au milieu du vestiaire. Personne ne le voulait, le 13. « Ça porte malheur », avait dit Franck en saisissant le 11, plein de défi. Stanislas n'avait rien dit. Il ne croyait pas à la chance, pas plus qu'à la malchance. Il aimait les chiffres, il les aimait tous. Surtout le 13 qui n'est divisible que par 1 et par lui-même.

Stanislas avait crié avec les autres dans le vestiaire, il avait tapé dans les mains de ses coéquipiers, il avait pleuré dans son maillot lorsqu'il avait raté un penalty décisif. Mais il avait couru, aussi, les bras tendus comme un avion en faisant plusieurs fois le tour du terrain pour célébrer un but et il l'avait embrassé ce numéro, ce 13, comme il avait vu d'autres joueurs le faire avant lui à la télévision.

Mais il n'avait pas terminé la saison. Il avait tout quitté du jour au lendemain, sans donner d'explications. Il n'avait pas répondu à sa mère qui lui demandait ce qu'il s'était passé. Il était entré dans ce mutisme d'adolescent, incapable d'avouer que le coach lui avait simplement dit : « Pour ce match, tu seras remplaçant. » Être le remplaçant, il ne l'avait pas supporté, et ne pas le supporter, il ne le supportait pas non plus.

Il avait fait une semaine d'insomnie.

Quelques mois plus tard, au creux du poignet de sa mère, il avait vu un tatouage. Un 13 qu'il n'avait jamais remarqué auparavant. Un jour il était là, caché sous les bracelets en plaqué or qui tintent à chacun de ses gestes. Depuis combien de temps ? Il n'avait pas osé poser la question. Il se sentait coupable d'avoir loupé quelque chose, coupable de ne pas bien la regarder comme elle le reprochait si souvent à son mari. Sous ce 13 à l'encre indélébile se trouvait une croix. Pas une croix religieuse, non. Une croix comme celles sur les cartes au trésor.

Il avait laissé passer plusieurs semaines avant de réussir à l'interroger. « C'est une date dont je voudrais ne plus me souvenir mais que j'ai très peur d'oublier. »

C'est à cela que pense Stanislas quand Sara lui pose cette question. À cet épisode de sa vie dont il pensait ne plus se souvenir et qui surgit dans sa mémoire endormie. Il se dit qu'il ne va rien dire, qu'il va garder tout cela pour lui mais sa bouche s'ouvre et il prononce cette phrase :

— J'ai peur de la place que je prends et de celle que je ne prends pas.

Ils marchent tous les deux côte à côte sur les petits gravillons blancs qui crissent sous leurs semelles. La nuit commence à tomber et Stanislas songe que c'est étrange à quel point le poids de la journée se ressent dans le crépuscule.

— Il y a quelques années, j'ai entendu une interview de France Gall au sujet de sa chanson *Résiste*, raconte Sara. Elle disait qu'elle l'aimait beaucoup et qu'elle avait eu beaucoup de plaisir à la chanter. Juste après, elle a ajouté : « Et en plus, ce qui est drôle, c'est que cette chanson j'ai failli ne jamais la faire. »

Elle fait une pause. Stanislas attend qu'elle poursuive.

— C'est de ça dont j'ai le plus peur je crois. On pense toujours aux choses qui ont failli ne pas être faites et qui ont finalement existé. Mais combien de choses, alors, ont failli être ?

Elle s'est arrêtée et, à présent, elle lui fait face. Il a cette pensée qui le trouble un instant ; il se souvient parfaitement où se posaient ses lèvres quand elle était dans ses bras. Il voudrait détourner le regard mais elle plante ses yeux dans les siens, et alors il ne peut plus. Il croit déceler un moment de flottement mais il n'est déjà plus sûr. Plus sûr de rien. Un vent frais le traverse mais il remarque que les feuilles des arbres ne bougent pas.

Le ciel est du même bleu que le gris de ses yeux. Les gens rentrent chez eux, la fête qui ne commence jamais vraiment est finie. Dans les derniers tours de manèges, il ne reste que les promesses non tenues des dimanches soir.

— Qu'est-ce qu'on fait maintenant ?

Une nuée d'étourneaux envahit le ciel. C'est une forme à la fois fluide et dense, un mouvement qui inquiète autant qu'il donne espoir.

— Si je devais être un animal, je serais un oiseau, dit-elle. Mais pas n'importe lequel. Je serais une hirondelle. L'hirondelle, quand elle n'est pas heureuse, elle s'en va ailleurs chercher ce qui lui manque. Tu sais que si les pigeons ont des moignons, c'est à cause de nos cheveux qui s'enroulent autour de leurs pattes ? Tu vois, la souffrance des autres, finalement, c'est toujours un peu notre faute.

Elle fait une pause et le fixe quelques secondes.

— Bon. Tu choisis un chiffre entre 0 et 10 ?

24

Stanislas arrive devant chez lui. Il monte les escaliers en comptant les marches, évite la neuvième qui grince et accélère devant la porte de cette voisine sourde qui entend des voix. Une fois dans sa cuisine, il se sert un grand verre d'eau qu'il boit d'une traite avant de s'affaler sur son lit tout habillé. Il repense à ses jambes dans le vide et à ses mains agrippées aux sangles qui le plaquent dans ce manège de l'enfer.

Il avait répondu : « Sept » bien sûr. Quoi d'autre ? Il pouvait refuser, dire « non » à ce que Sara lui proposait, mais prononcer un autre chiffre que celui-ci, impossible. C'était trahir. Trahir l'enfance, leur relation, trahir Sara. Se trahir, surtout.

Au sommet de cette tour de fer, il avait senti la peur écraser son torse. La peur du corps qui ne comprend pas pourquoi les pieds ne touchent pas ce sol, situé quarante mètres plus bas. Ce corps qui réfléchit, se demande s'il a déjà volé comme ça et qui conclut que non. Alors il panique.

Stanislas avait ressenti de la peur, la peur de mourir même – mais en existait-il vraiment une autre ? –, et cela ne lui était plus arrivé depuis très longtemps. Sara s'était alors tournée vers lui, un grand sourire fendait son visage et il s'était mis à la détester. Encore.

Il avait peur et elle souriait.

Mais ce qui l'effrayait le plus dans tout cela, c'était de voir qu'elle, elle n'avait pas peur. De voir qu'en réalité, la vie, la mort, tout ça lui était bien égal. C'était ce qu'il ressentait là, accroché à ce manège à quarante mètres du sol, mais c'était ce qu'il avait déjà ressenti plusieurs fois auparavant. Il décelait une étincelle au fond de ses yeux, l'étincelle de ceux qui n'ont plus rien à perdre. Il savait la reconnaître. Il l'avait vu une fois, dans le regard de sa mère.

— L'attente, c'est toujours ce qu'il y a de pire, lui avait-elle lancé comme s'il s'agissait d'une bonne nouvelle.

La chute libre les attendait, c'était une question de secondes et chaque seconde était une torture. Il se demandait s'il vivait là une allégorie de la vie. Et Sara, à sa droite, souriait.

Le mot chute comme racine de la chance, c'est ce qu'elle lui avait dit. Peut-être prenait-elle tous ces risques pour se prouver qu'elle existait, cette chance ?

C'est à ce moment précis qu'ils étaient tombés dans le vide.

25

Des paillettes, du léopard, de la fausse fourrure, du vichy et du fluo. De grandes créoles, du mascara bleu. Un rouge à lèvres bordeaux. Un chewing-gum à l'eucalyptus. Des bracelets et autant de bagues. Du parfum, beaucoup de parfum. Rarement le même. Des échantillons qu'elle subtilisait à droite à gauche et qu'elle déposait au creux de ses poignets, dans son cou et derrière ses oreilles. Un jour, alors qu'il l'observait en train de se maquiller, Cynthia s'était tournée vers lui.

— Le bruit et la fureur, avait-elle dit dans un grand sourire.

Elle avait à nouveau pivoté vers son reflet et tout en soulignant son regard d'un trait mauve, avait ajouté :

— Nous n'avons qu'une heure sur scène. Il paraît que c'est ce que Shakespeare disait.

Stanislas est sur le point de s'endormir et c'est à cela qu'il pense. À cette phrase que lui avait dit sa mère des années et des années plus tôt et qu'il n'avait absolument pas comprise.

Pourquoi maintenant ? Et pourquoi de cette manière aussi limpide ?

Peut-être le grand manège de l'enfer lui a-t-il retourné la tête et certains de ces souvenirs sont-ils sortis des tiroirs de l'oubli. Il pense aussi à cette autre phrase qu'il s'était beaucoup répétée et qu'il se répète à nouveau : « Il est mort et je suis vivant. »

Mais pour la première fois de son existence, ce constat le soulage plus qu'il ne lui pèse.

26

Il la regarde arriver, son corps maigre, ses cheveux noirs et épais. Sara se déplace comme un chat et Stanislas songe qu'il a toujours détesté cet animal et qu'elle est peut-être bien tout ce qu'il déteste. Tout ce qu'il déteste et tout ce qui le fascine. Son air sévère et interrogateur, son menton levé, son corps, encore. L'Épiphanie de son adolescence.

Ils étaient restés ensemble huit mois à un âge où tout dure une éternité. Quand il y pense, tandis qu'elle s'assied en face de lui, il a du mal à croire que toute leur histoire puisse tenir dans ces huit petits mois. L'amour soudain, puis la tristesse.

C'est à la fois une autre vie et exactement celle-ci.

Tout à l'heure, quand il a franchi la porte de ce café, une odeur qu'il n'avait pas sentie depuis des années l'a saisi tout entier. L'odeur de la cage d'escalier de chez Sara qu'il avait empruntée des dizaines de fois, cet entre-deux qui sentait à la fois les produits de nettoyage et les nombreux passages de la vie. Cette odeur l'avait propulsé des années en arrière et il avait eu du mal à contenir son émotion. Lui, Stanislas. Il en était le premier surpris.

Sara s'assied, place son ordinateur devant elle et ouvre un carnet sur lequel elle prévoit de prendre des notes.

— T'es prêt ?

— Oui.

— Alors c'est parti, dit-elle en appuyant sur « entrée ».

Ils ont passé plus de deux heures à éplucher ses mails. Au milieu des promotions et des messages sans importance, ils ont découvert que Stanislas faisait de l'escalade tous les mardis, qu'il avait sauté en parachute pour son trente-huitième anniversaire, qu'il avait terminé le marathon de Madrid en 3 heures et 55 minutes. Il était fier d'avoir fait moins de quatre heures mais « plus jamais il ne se laisserait embarquer dans un merdier pareil ». Il s'était marié il y a dix ans, avait divorcé trois ans plus tard. Il avait rencontré quelqu'un dix mois plus tôt, d'ailleurs il hésitait à la présenter à ses parents. Il n'était pas sûr que ce soit la bonne mais d'un autre côté, il n'était plus vraiment certain qu'il y ait une bonne personne dans la vie. Il devait partir au Japon en avril, il venait d'acheter les billets d'avion. Il avait aussi acheté un lot de vieilles photos sur Le Bon Coin et il prévoyait de faire une « exposition ». Il cherchait même un local qu'il pourrait louer pendant une semaine. Il écrit : « J'ai jamais dit que j'étais un artiste. L'art c'est tout et n'importe quoi. C'est le désir de faire exister les objets pour quelque chose qu'ils ne sont pas. » Il travaillait comme consultant dans un centre de formation professionnelle mais il commençait à s'ennuyer alors il s'était inscrit au CAPES pour devenir professeur de mathématiques. Lui, qui avait tant détesté les maths au collège. « Après tout, je ne pense pas qu'on soit la continuité d'une même personne. Mais plutôt une somme de personnes d'âges différents », avait-il écrit à Jérôme en lui demandant s'il pouvait lui scanner les cours du lycée. Car Jérôme gardait tout depuis toujours. En échange, il lui avait promis de ne plus jamais le chambrer sur le sujet et même de s'occuper de sa collection de Pogs et de trolls à cheveux fluo quand il partirait en vacances. Jérôme avait répondu : « Putain t'es chiant » mais il lui avait scanné les cours. Il avait créé une pétition pour sauver l'un des plus vieux bâtiments de la ville laissé à l'abandon depuis vingt ans et qui semblait sur le point de s'effondrer. « On trouve les fonds, on rénove et on fait une énorme boîte de nuit. » Il y avait eu 354 signatures. Une inscription à un cours de céramique avait été transférée à Sophie. « Tu viens ? Paraît que ça ne se fait plus de boire son café dans une tasse qu'on n'a pas tournée soi-même. » Elle avait répondu : « T'aimes ça toi, manipuler la terre ? » Puis lui : « La terre j'sais pas, ce qui est sûr c'est que je veux pas mourir con. »

Il y avait encore des dizaines et des dizaines d'informations, des anniversaires, des cagnottes, des achats en ligne, des réservations d'hôtel, des voyages, des week-ends, des projets, des lubies. Un mail de sa mère résumait ce qu'ils venaient d'éplucher depuis deux heures : « Stan, parfois tu nous épuises, ton père et moi. »

Sara a refermé l'ordinateur. Stanislas s'est demandé si nous ne sommes qu'une somme d'informations. Et s'il y a des vies très longues aux additions infimes.

Il décide de rentrer à pied pour évacuer toutes ces pensées. Se plonger dans la vie de cet autre, découvrir son intimité, cette expérience lui avait paru étrange. Après tout, ça aurait pu être dangereux. Et si cet homme avait été fou ? S'il avait des choses à cacher ? Qu'aurait-il fait de cette information ? Alors il marche.

Il n'était pas nécessaire d'être un fin observateur pour remarquer que ce Stanislas-là remplissait sa vie jusqu'à ce qu'elle déborde alors que lui, à l'inverse, faisait en sorte de tout garder sous contrôle.

Son téléphone vibre dans sa poche, c'est encore Laurent : « T'es devenu ministre ou quoi ? Rappelle-moi. » Il lui répondra plus tard.

Stanislas est un garçon intelligent. Il manque d'ambition, c'est indéniable, mais il comprend vite les choses. Il a un esprit pratique, de ceux qui regardent les choses telles qu'elles sont, avec objectivité, sans se laisser dépasser par ses sentiments. Certains diront qu'il a la tête froide. Beaucoup de femmes ont dit que son cœur l'était aussi.

Car l'amour était un risque qu'il préférait ne pas prendre.

Il avait fini par aller voir une psychologue qui ne lui avait rien appris qu'il ne sût déjà. Oui, la loyauté envers ses parents avait conditionné sa vie. Oui, il avait voulu être l'enfant parfait, ne pas ajouter de la peine à la peine, faire mieux que celui qui serait, pour toujours, idéalisé. Oui, peut-être, sans doute, ce poids était à l'origine de sa scoliose.

Après tout, oui. Il n'était pas contraignant.

Soudain il repense à un prénom, un nom dans la boîte mail de ce Stanislas Gélin qui n'est pas lui. Martinebeauhaire@quelque chose. Un fournisseur d'accès à Internet qui n'était plus censé exister. Il se souvient l'avoir lu furtivement, il s'était dit que ça lui rappelait quelque chose et en même temps pas vraiment. Mais à présent ça lui revient d'un coup. Il avait connu une Martine Beauhaire dans sa jeunesse. Et Sara aussi.

27

1992-1993

Il y avait eu ce voyage scolaire en Allemagne. Sept heures de bus pour aller voir des correspondants que personne n'était vraiment sûr de vouloir rencontrer. Mais la perspective de passer une frontière avait fini par convaincre. Ça et les premières bières à l'étranger. Une certaine idée de la liberté.

Stanislas avait dû insister, promettre, jurer même, qu'il ferait attention, qu'il ne serait pas imprudent, qu'il se brosserait les dents. Il ne savait plus quoi dire et au final, comme souvent, ce fut son silence qui mit fin à la bataille. La veille du dernier jour pour valider l'inscription, sa mère s'était glissée dans la pénombre de sa chambre et lui avait chuchoté que c'était d'accord, qu'il pouvait y aller, qu'elle n'était pas cruelle tout de même, mais qu'il fallait qu'il la comprenne. Qu'elle n'avait plus que lui, qu'elle ne pourrait jamais vivre un autre drame.

Stanislas avait senti une boule de feu dans son estomac, aussitôt éteinte par une pluie de glace. La rage et la loyauté qui se mêlaient à tout. De tout.

Cette injonction à vivre étant sans doute ce qui le tuait le plus.

Plus tard, en allant aux toilettes, il l'avait surprise dans le salon en train de fumer une cigarette. Un point incandescent au milieu de la nuit. De l'orange dans le noir. De l'orage dans une forme de désespoir.

Le jour du départ était arrivé. Un bus aux formes géométriques avait pris des routes droites puis sinueuses et les avait menés à Cologne où le froid sec et les gâteaux en forme de cœur les avaient accueillis avant de les disperser aux quatre coins de la ville, dans leurs familles respectives. Stanislas avait atterri chez Gerhard, un géant de 16 ans dont l'écriture ratatinée n'avait pas laissé présager un tel physique. Quand il lui serra la main, Stanislas pensa à son stylo et comprit qu'il avait confondu la force et la faiblesse, comme cela arrivait souvent, finalement.

Gerhard parlait un français approximatif mais Stanislas parlait un allemand inexistant, ce qui avait fait pencher la balance à l'est. Il avait mangé en famille en ne sachant pas vraiment s'il était heureux d'être là, au milieu de cette intimité qui n'était pas la sienne. Il goûta à tout, ne se resservit de rien. Après le repas on lui montra sa chambre, un bureau dans lequel un canapé-lit avait été déplié et il s'assit là en fixant la fenêtre. De l'autre côté, une maison identique. Gerhard vivait lui aussi dans un lotissement. Un lotissement plus symétrique, plus mathématique, et Stanislas l'avait trouvé plus beau sans comprendre qu'avec les traits droits s'échoue la beauté des courbes.

Et puis soudain, alors qu'il s'apprêtait à glisser sous les grands carreaux de sa couette, la fenêtre d'en face s'était illuminée. Derrière le rideau, une silhouette. De grands gestes, le tissu qui vole, la fenêtre qui s'ouvre et Sara qui apparaît. Elle avait tourné la tête à droite, à gauche puis avait pris une grande inspiration et levé les yeux vers le ciel. Elle ne disait rien mais son corps, lui, racontait mille choses. Stanislas s'était approché autant qu'il avait pu. Le regard de Sara avait alors percuté les vitres d'en face et Stanislas avait eu l'impression de recevoir un ballon en plein ventre.

Elle avait souri de son demi-sourire avant de refermer la fenêtre. Sa bouche arrondie avait alors soufflé sur les vitres, et sur la buée à peine déposée, du bout des doigts, elle avait écrit un zéro, un dix et un point d'interrogation.

De son index qui tentait de masquer tous ses doutes, Stanislas avait dessiné un sept en retour et en une seconde elle était en bas, à lui faire signe du trottoir. Celle d'après il se demandait ce qu'il faisait là. À côté d'elle qu'il connaissait à peine. À peine. Comme une prémonition.

Ils avaient marché jusqu'à un bar et Sara était allée commander à boire. À son passage, les têtes des hommes s'étaient tournées et Stanislas avait baissé les yeux, mal à l'aise que d'autres voient en un coup d'œil ce qu'il lui avait fallu tant de temps pour deviner. Mais il n'eut pas le temps de réfléchir davantage, elle était déjà de retour et déposait deux bières blondes sur la table.

— Je n'avais pas le vocabulaire pour plus d'originalité, avoua-t-elle dans un sourire.

— Merci.

Elle leva sa chope et plongea ses lèvres dans la mousse.

— T'as peur ? Qu'on se fasse prendre ? questionna Sara.

— Non.

Elle l'observa quelques secondes.

— Quand j'ai peur, je fais en sorte de me souvenir que la peur c'est pour ceux qui ont des choses à perdre. Alors soit j'ai peur, et c'est bon signe, soit j'ai pas peur, et c'est tant mieux.

— J'ai pas peur.

Elle haussa les épaules.

— Elle est comment ta famille d'accueil ?

— Allemande. Et toi ?

Son rire avait alors claqué dans l'air et Stanislas en avait presque sursauté.

— Ils sont tous immenses, répondit-elle. J'ai l'impression d'avoir atterri dans une forêt.

Elle but une gorgée de bière.

— T'étais avec Mme Beauhaire dans le bus ? demanda-t-elle.

— Oui, elle s'occupait de l'arrière.

— Les adultes qui nous regardent vivre avec mélancolie cette vie dont on ne se souviendra sûrement pas. Ça me déprime.

Stanislas avait souri. Sara ne ressemblait à personne. Elle avait toujours cette façon de voir les choses… et puis de les dire, surtout. C'est vrai que Mme Beauhaire les regardait tous de cette manière. La tête penchée en permanence.

— Cette femme est un dimanche soir, poursuivit Stanislas.

— Elle est déjà émue du temps qui passe avant même qu'il soit passé… elle a tout de même choisi le pire métier du monde. Quand t'es prof, le temps qui passe, il revient toujours.

— J'aurais pas choisi une bande-son en allemand pour vivre ça.

— J'aime bien l'allemand, avait répondu Sara. Mais si un jour je deviens prof, c'est qu'il se sera vraiment passé quelque chose de grave dans ma vie.

Ils avaient titubé d'un bar à un autre, sans savoir où ils allaient, peu inquiets de retrouver d'où ils venaient. Sara discutait avec les videurs et après quelques secondes elle faisait signe à Stanislas que c'était bon. Alors elle lui attrapait la main et ils se glissaient dans la foule. Sa main dans la sienne, il avait cherché mille excuses pour que cela se reproduise. Ils avaient 16 ans mais ils avaient surtout, pour la première fois, toute la nuit.

La musique semblait rebondir contre les murs noirs de la boîte. Stanislas s'était demandé si c'était pour cette raison que cela portait ce nom. Une boîte qui pourrait ressembler à n'importe quelle boîte, de l'intérieur. En France comme en Allemagne. Les premières notes d'une musique qui passait sur toutes les stations de radio s'étaient échappées des enceintes et des cris de joie avaient retenti aux quatre coins de la pièce.

— Attends, t'as entendu ? Il dit : « C'est le prix d'une Danette aux fruits. »

— Hein ? Qui ça ? avait hurlé Sara.

— Là, écoute, les paroles, le chanteur ! Il dit : « C'est le prix d'une Danette aux fruits » avait-il répété.

Sara s'était arrêtée pour se concentrer sur la musique et avait tendu l'oreille. Elle avait articulé lentement chacun des mots au rythme des paroles jusqu'à arriver à « *Celebrate and dance so free* ». Là, une lueur avait éclairé son regard et elle avait explosé de rire. Elle l'avait alors dévisagé pendant quelques secondes et sa main avait même effleuré sa joue avant de glisser furtivement le long de son bras. Le vertige déjà, avant la chute qu'il ferait forcément. C'est ce que chantaient les Rita Mitsouko qu'écoutait sa mère.

— T'es un mec bizarre, Stanislas Gélin.

Elle l'avait détaillé encore, dans ce silence qui n'existait que pour eux, et puis elle avait ajouté :

— En plus les Danette aux fruits ça n'existe pas.

Ils avaient continué à bouger leurs corps sur la piste de danse, elle comme si elle avait fait ça toute sa vie et lui comme s'il ne l'avait jamais envisagé. De temps en temps, Sara disparaissait plusieurs minutes avant de resurgir avec un verre d'alcool dans chaque main. La première fois, Stanislas l'avait remerciée mais elle avait secoué la tête.

— Si tu veux remercier quelqu'un, adresse-toi à Rolf. Le serveur derrière le bar. Mais je doute que ce soit une bonne idée.

Stanislas n'avait plus fait aucun commentaire sur le sujet. Après le troisième verre pourtant, Sara était revenue les mains vides. « On va ailleurs », et elle avait quitté la piste de danse sans se retourner. Stanislas l'avait suivie, jetant un œil en direction du bar où un serveur le fixait d'un air sombre. Ils avaient alors marché plusieurs mètres avant d'atterrir dans un endroit qui ressemblait à un ancien entrepôt désaffecté. Plusieurs canapés, sans doute récupérés directement dans la rue ou sortis tout droit d'une déchetterie, étaient posés sur un sol en béton irrégulier. Trois grands lustres en pierre de cristal pendaient d'un haut plafond sur lequel une fresque semblait avoir été peinte par un artiste de la Renaissance. Mais à y regarder de plus près, il était possible de déceler quelques anachronismes : certains personnages portaient des lunettes de soleil Ray-Ban, un ange avait une Rolex et une déesse enroulée dans une grande étoffe fluide fumait une Vogue. Au milieu de la pièce, de l'eau fluorescente sortait d'une grande fontaine en pierre et deux grandes enceintes propulsaient de la techno à un volume démentiel.

Sara avait rapidement levé la tête en direction du bar avant de se laisser tomber dans un canapé en velours usé et aux franges torsadées qui paraissaient flotter à la surface du sol.

— À ton tour d'y aller. À mon avis le Rolf d'ici sera plus à ton écoute qu'à la mienne.

Stanislas s'était alors dirigé vers la barmaid, une fille d'une vingtaine d'années aux grands yeux noirs et au crâne parfaitement rasé qui soulignait la finesse de ses traits. Elle avait un anneau doré planté dans sa narine droite et quand elle ouvrit la bouche pour lui demander ce qu'il souhaitait boire, Stanislas découvrit une rangée de dents parfaitement alignées. Il commanda deux bières et, le plus discrètement possible, glissa un billet sur le comptoir.

Quand Sara le vit arriver avec deux verres à la main, elle se redressa.

— Pas mal, dit-elle.

Stanislas ne releva pas et Sara prit une gorgée.

— J'ai un jeu. Tu vois le type là-bas ? Celui avec le pull beige et le jean gris. Casquette verte. Imagine il se lève pour aller se commander à boire mais au passage, il s'arrête à notre niveau et il te glisse la pire phrase qu'il puisse te dire à ton oreille.

— OK...

— Quelle est cette phrase ?

— Ah oui, c'est hyper gai comme jeu.

— Je trouve aussi. Vas-y commence.

— C'est dur.

— Évidemment, que c'est dur. Sinon c'est chiant.

Stanislas réfléchit. Il a envie de boire sa bière d'une traite pour se donner des idées mais il faudrait alors retourner en chercher une et il n'a plus assez d'argent pour prétendre se les faire offrir.

— Tu y as déjà réfléchi ? dit-il pour gagner du temps.

— Un peu. Mais il y a longtemps. Et on n'est pas touché toute sa vie par les mêmes choses. Enfin j'imagine qu'une fois adulte, j'aurai d'autres préoccupations que celles que j'ai aujourd'hui.

— Commence alors.

Elle lève un sourcil, un sourcil comme une virgule qui paraît ponctuer sa pensée.

— Je dirais : « Le plus beau jour de ta vie est déjà passé. »

Stanislas hoche la tête. Il se demande quel est le plus beau jour de la vie de Sara, et quel est le sien aussi, finalement.

— À toi, dit-elle. La pire phrase.

Il n'en a pas la moindre idée et c'est ce qu'il s'apprête à lui dire. Mais quand il ouvre la bouche, ce sont d'autres mots qui lui échappent.

— La pire chose que l'on pourrait me dire, ce serait : « Ça aurait dû être toi. »

Sara l'a fixé avec son regard aiguisé comme une lame de couteau qui transperce tout sur son passage.

Puis elle s'est levée. « On ne reste pas ici. » Dehors la nuit était glaciale et le froid les a saisis alors ils ont marché sans s'arrêter et sans savoir où ils allaient. Ce n'était pas une balade romantique, c'était une urgence de ne pas rester là, dans cette vie qui dit des choses pareilles. Ils sont arrivés jusqu'au pont Hohenzollern, celui avec les grands arcs métalliques qui mène jusqu'à la cathédrale de Cologne et il y avait des cadenas accrochés par milliers. Sara a dit : « Il faut être sacrément con pour déclarer son amour de cette manière, des cadenas, franchement, symboles de l'amour, n'importe quoi ! » Mais ils ne se sont pas arrêtés de marcher. « Le froid ça anesthésie la douleur, a-t-elle ajouté. Je ne pourrais jamais vivre dans un pays chaud. Tu fais quoi de ta tristesse avec un soleil de plomb ? La misère est moins pénible au soleil, tu parles. » Stanislas ne savait pas ce qui la mettait tellement en colère mais la voir si révoltée était une vision qui l'apaisait. Elle marchait encore, et il l'a regardée encore. Ils auraient pu continuer des kilomètres comme ça et c'est ce qu'il aurait voulu, des kilomètres avec Sara en colère. Mais ça ne s'est pas passé comme ça.

— Sara ?

— Oui.

— Dis un chiffre entre 0 et 10.

Elle continuait d'avancer, la tête haute. Mais elle avait légèrement ralenti sa cadence.

— Sept, avait-elle fini par dire, d'une voix plus calme, légèrement essoufflée.

Alors il avait glissé sa main dans la sienne et doucement, il l'avait fait tourner sur elle-même pour l'entraîner près de lui. Sa bouche n'était qu'à quelques centimètres de la sienne et il pouvait sentir son souffle se mélanger à sa respiration. Le froid brûlait sa poitrine mais cette odeur, cette odeur. Ce n'était pas l'odeur de Sara. C'était celle de l'intimité avec elle. Il avait compté dans sa tête jusqu'à trois, un, deux, trois, et puis il l'avait embrassée.

Elle avait le goût de la bière et des nuits qui ne finissent jamais. Il avait continué de l'embrasser et dans chaque seconde, s'écoulait une éternité aux notes éphémères. Et puis il s'était écarté mais quelques centimètres à peine les séparaient. Il avait pensé qu'à présent, la pire chose qu'on pourrait lui dire, c'était que ce moment n'avait jamais existé. Elle s'était avancée à nouveau, près de son oreille cette fois et elle avait murmuré :

— Je suis contente que ce soit toi.

Ils étaient rentrés car le jour n'allait pas tarder à se lever. Stanislas avait escaladé la gouttière jusqu'à atteindre la fenêtre de sa chambre située au premier étage de cette petite maison grise dans laquelle tout le monde dormait. Il avait balancé sa jambe droite à l'intérieur et son corps avait lourdement basculé sur l'épaisse moquette qui avait amorti sa chute. Un bruit sourd avait résonné dans la pénombre mais le silence avait continué. Personne n'avait rien remarqué. Ni là tout de suite, ni plus tard dans les heures à venir. Personne ne semblait discerner l'évidence cachée derrière les sourires.

Stanislas était rentré en France sans avoir rien retenu de l'Allemagne ni de cette langue qu'il ne maîtrisait pas. Mais il avait appris une chose essentielle qu'il avait par la suite oubliée : le risque était parfois gagnant. Le risque était même la seule manière de gagner.

29

2015

— Tu te souviens de ma grand-mère ? demande Sara.

Stanislas se souvenait parfaitement d'elle. Une grande femme aux cheveux noirs elle aussi, qui ne parlait que quelques mots de français au milieu d'une salve de phrases espagnoles. Il l'avait croisée un jour où ils travaillaient ensemble sur un exposé de biologie. « Chez moi, c'est trop loin », avait expliqué Sara. Et ils s'étaient installés à une table ronde en noyer sur laquelle un plateau en verre maintenait un napperon au crochet qu'un mouvement trop brusque menaçait à chaque seconde de tout faire tomber. Stanislas avait remarqué un cadre doré sur une commode. À l'intérieur, une petite fille avec un air décidé posait, les bras croisés.

— Jolis motifs…

— C'était ma robe préférée, répondit-elle sans relever le sarcasme.

La conversation n'était pas allée plus loin et il s'était remis à travailler. Mais soudain, une porte avait claqué et Sara s'était redressée comme un animal sauvage. Sa grand-mère n'était pas censée rentrer si tôt et il n'était pas censé être là. Il l'avait senti à la surprise qui avait surgi sur son visage ridé et à la gêne qui avait fermé celui de Sara. Elle avait bredouillé de rapides présentations, elle, d'habitude si volubile.

Stanislas ne se souvenait plus du tout de son prénom, juste qu'elle portait de longs gants de velours pour cacher ses mains abîmées par la manipulation quotidienne des produits d'entretien. Mais à ce moment-là, il pense juste qu'elle est très élégante. Il ne sait rien de cette féminité dont elle n'a pas les moyens, de la vie qui abîme et qui prend tout, même la douceur. Surtout la douceur. Elle avait fui la dictature d'un pays d'Amérique du Sud, il ne savait plus vraiment lequel, pour atterrir en France. Le Chili peut-être. Sûrement. Il s'était souvent demandé quelle force du destin faisait naître une personne à Santiago pour qu'elle passe ensuite sa vie à nettoyer des bureaux à Dijon. Qui aurait pu supposer cela ?

Il lui avait fallu du temps pour comprendre que Sara ne le cachait pas à sa grand-mère mais qu'il s'agissait plutôt de l'inverse.

— Ma grand-mère est morte l'année dernière, dit-elle.

Stanislas émerge de ses pensées.

— J'ai récupéré son sac à main, sûrement l'objet le plus précieux qu'elle possédait. Elle était venue en

France pour ce sac, tu sais, pour ce qu'il représentait. Le style, le luxe, l'inabordable. Il lui a fallu trente ans pour se le payer. Elle le désirait, c'est certain, mais je crois que ce qu'elle voulait plus que tout, c'était me le transmettre. Elle me répétait sans cesse : « Un jour il sera à toi », et j'acquiesçais sans mesurer ce que cela signifiait pour elle. Ce sac, c'était son héritage. Il n'y aurait rien d'autre. Pas d'appartement, pas de maison secondaire, pas de voiture. À l'intérieur, j'ai trouvé un étui à cigarette en métal qui contenait trois dés. C'était comme ça qu'elle prenait ses décisions. Je l'ai toujours vue faire ainsi. Jeter ses dés pour avancer. Mais l'année dernière, quand je les ai eus entre mes mains, je me suis rendu compte à quel point il fallait n'avoir rien à perdre pour agir de la sorte.

Elle dépose trois dés sur la table et hausse les épaules. Il attrape les dés, les fait tourner plusieurs fois dans sa main.

— Si tu fais 3, tu sautes en parachute. Si tu fais 6, tu participes à un cours de poterie. Si tu fais 10, tu passes le CAPES. Si tu fais 13, tu sauves cet immeuble pour en faire une boîte de nuit. 15, tu vas au Japon. 18, tu fais une exposition. 21, tu fais un marathon.

— Avec trois dés on ne peut pas faire…

— C'était pour voir si tu suivais, le coupe-t-elle.

Stanislas lance les dés qui roulent sur la table. Deux, deux et trois.

— On fait quoi quand ce n'est pas dans la liste ?

— On improvise, dit-elle en souriant.

— C'est pas ce que l'on fait déjà ?

— Si. C'est ce qu'on fait tous. C'est même la définition de la vie.

* *
*

— Tu te souviens de Mme Beauhaire ? demande Stanislas.

— Mme Beauhaire… non…

— La prof d'allemand.

— Ah si ! s'exclame Sara.

— Tu te souviens de son prénom ?

— Oui, attends… c'était… Martine ?

— Il y avait un mail dans la boîte de réception de Stanislas Gélin. D'une Martine Beauhaire. On ne l'a pas ouvert.

— Pas ouvert ? T'es sûr ? dit-elle peu convaincue. J'ai lu tous les mails.

— Tu plaisantes ?

— Sauf les pubs.

Il fronce les sourcils mais avant qu'il puisse dire quoi que ce soit, elle sort son ordinateur de son sac et le pose sur la table. Elle appuie sur plusieurs touches de son clavier puis ses yeux se mettent à balayer l'écran de la gauche vers la droite.

— Je l'ai. Martine Beauhaire. Elle lui a écrit il y a deux mois. Tu crois qu'elle avait quel âge quand on l'a connue ?

— À peu près 1 000 ans, c'est bien ça le problème.

— « *Lieber* Stanislas, je suis ravie de lire votre message et très enthousiaste de vous accompagner dans l'apprentissage de cette langue que j'ai tant aimé enseigner pendant près de quarante ans. Nous pouvons nous retrouver à votre convenance tous les mardis. *Viele Grüße.* »

— J'aimais bien cette femme.

— Moi aussi. Elle sentait la lessive, dit-elle, songeuse. Bon, reprend-elle en fermant son ordinateur d'un geste sec. On va nourrir les canards ?

Sara se lève et vide la corbeille à pain dans son sac à main. Stanislas pense alors qu'il y a des personnes sur cette terre qui se lèvent et d'autres qui restent assises, et il est évident qu'il appartient à cette seconde catégorie. Même lorsqu'il est question d'aller nourrir les canards. Le temps d'élaborer cette réflexion, Sara a traversé le restaurant et l'attend devant la porte. « Alors tu viens ? » et il sait que derrière ces yeux de biche, il est en train de se faire engueuler.

— Tu savais que les canards n'aimaient pas le pain au maïs ? lance-t-elle lorsqu'ils franchissent l'entrée du parc.

— Non…

— C'est bizarre quand on y pense, tu ne trouves pas ?

— Qu'ils n'aiment pas le pain au maïs ?

— Que ce qui est valable pour un est valable pour tous.

— Ouais…

— Tu vois moi je n'aime pas le camembert mais il y a des gens qui adorent le camembert. C'est comme si les canards étaient tous d'accord. C'est ça la force des canards, conclut-elle avec sérieux.

Elle jette un bout de pain dans la mare et deux colverts se ruent dessus.

— Si les femmes étaient au pouvoir, reprit-elle, il n'y aurait plus de guerre. Mais si c'était les canards, là, je te raconte pas.

— D'un autre côté, je n'ai jamais vu un canard tenir une boulangerie. Donc la route est encore longue.

Sara ne répond rien. Elle continue de jeter des morceaux de pain par-dessus la barrière qui entoure la mare minuscule de ce parc citadin.

— Tu te souviens du voyage en Allemagne ?

— Évidemment, répond-elle en le regardant droit dans les yeux.

— Madame Beauhaire nous avait fait faire un exercice le lendemain. Pour travailler la négation. Il fallait se décrire en disant tout ce que nous n'étions pas.

— Tu avais dit « On est énormément plus pas de choses » et cet idiot de Vincent Cassagne avait ri. Moi ça m'avait fichu un coup.

Stanislas ne sait pas pourquoi il pense soudain à cet exercice qu'il avait fait scrupuleusement malgré la fatigue de la veille. Peut-être grâce à la fatigue de la veille justement. *Ich bin nicht.* Il n'était pas courageux, avait-il écrit en premier. *Ich bin nicht mutig.* Un peu parce que c'était vrai, beaucoup parce qu'il savait le dire. Madame Beauhaire passait entre les petits groupes assis aux quatre coins de la salle pour observer le travail de chacun. Elle était arrivée jusqu'à lui et avait commencé à lire par-dessus son épaule. Il n'était pas musicien, il n'était pas bavard, il n'était pas méchant, il n'était pas orgueilleux, il n'était pas blond, il n'était pas l'aîné, il n'était pas le cadet, il n'était pas sûr de sa place dans le monde, il n'était pas triste. Il n'était pas pas amoureux.

Elle avait posé le doigt sur sa feuille et lui avait dit qu'il avait fait une erreur. Il y avait deux fois la négation. « *Ich bin nicht nicht verliebt.* » Du bout de son stylo, elle avait rayé le second « *nicht* » et ce trait sur sa feuille l'avait énormément tracassé. Il suffisait donc d'un geste. De l'intervention d'un élément extérieur. Et tout pouvait s'inverser.

— Voilà, *Ich bin nicht verliebt*, avait-elle lu d'une voix forte.

Il avait croisé à ce moment-là le regard de Sara. Il s'en souvenait encore aujourd'hui.

30

Après un BTS Banque, Stanislas avait trouvé un travail dans une banque. Depuis toujours, la cohérence était l'une de ses plus grandes qualités. La cohérence et la ponctualité. Chaque matin, il prend l'ascenseur pour monter les quatre étages jusqu'à son bureau et chaque matin il croise Alfred qui, lui aussi, est cohérent et ponctuel. Les gens ponctuels croisent toujours les mêmes gens ponctuels finalement. C'est grâce aux retardataires que l'équilibre du monde est modifié et que la vie est belle. C'est ce qu'avait expliqué Sara à leur professeur d'allemand en classe de seconde. « Vous avez un sacré culot mademoiselle », avait-il asséné avant de lui demander d'aller s'asseoir. Stanislas songe à ça en saluant Alfred qui le salue en retour. Alfred porte une gouttière occlusale la nuit car son travail le stresse et il grince des dents. Stanislas connaît de nombreux petits détails insignifiants sur cet homme qu'il ne connaît pourtant pas personnellement, à force de le croiser trente secondes chaque matin dans l'ascenseur. Mais ce matin, entre la cohérence et la ponctualité, une main a surgi pour maintenir ouvertes les portes qui se refermaient. C'est Laurent.

— Mec, c'est quoi le délire ? Qu'est-ce tu fous, je te vois plus. C'est cette fille, c'est ça ? Putain, c'est n'importe quoi – Salut Alfred – Ça fait deux semaines là. On va boire un coup ce soir ? J'ai plein de trucs à te raconter.

— 19 heures comme d'habitude ?

— Ouais, dit-il, surpris que cela soit aussi simple.

Les portes s'ouvrent mais juste avant de les franchir, il se tourne vers son ami et ajoute :

— Tombe pas amoureux, Stan. Prends pas cette décision stupide. Allez salut, à ce soir. Salut Alfred.

Il sort au troisième, les portes se referment et l'ascenseur reprend sa route vers les étages au-dessus. Alfred fait un petit mouvement vers l'avant, un léger balancement, puis revient à sa position initiale. Il fait cela plusieurs fois avant de se décider à dire ce qu'il a envie de dire depuis le début.

— Fort heureusement, l'amour n'est pas un choix. Je n'ai jamais su prendre de décision. Et vous voulez que je vous dise ? On tombe toujours amoureux malgré soi.

Les portes s'ouvrent à nouveau et Alfred, sa couronne de cheveux gris et ses jambes courtes sortent de l'ascenseur.

Stanislas n'aime pas spécialement son travail et en même temps il s'estime chanceux que la température ambiante soit maintenue à 22 degrés dans les bureaux. Cette vie qui ne le fait ni transpirer en été ni grelotter en hiver lui convient. Mais ce matin, assis devant son ordinateur, il ne peut s'empêcher de se demander si son homonyme avait mieux réussi que lui. Et de penser à son père. Son père qui avait été chauffeur de taxi. Toute sa vie, des hommes et des femmes lui avaient donné une destination et il avait suivi l'itinéraire. Sa tête était une carte de Dijon faite de cédez le passage, de stops, de limitations de vitesse et de voies sans issue. Il suivait les consignes. Les rares initiatives qu'il avait eues à prendre se résumaient à trouver un itinéraire *bis* en cas de travaux.

Le soir, quand il rentrait, il passait une heure à nettoyer sa voiture, une Mercedes grise qui prenait toute la place dans le garage. Avec précaution, il faisait glisser une peau de chamois sur la carrosserie et ses gestes paraissaient presque harmonieux. Quand il avait fini, il déposait une grande couverture sur le véhicule, éteignait la lumière, et Stanislas aurait juré l'avoir déjà entendu murmurer un « bonne nuit ».

La plus grande hantise de David était que quelqu'un lui vole l'ornement, cette étoile à trois branches, plantée dans le capot. Stanislas le voyait pâlir dans la rue, chaque fois que son regard se posait sur une berline amputée.

Sa voiture. Stanislas n'avait pas le droit d'y toucher et la seule fois où il avait pu monter dedans, c'était le jour de la rentrée des classes de sixième. Son père pensait lui faire plaisir. Pendant des mois il avait dû se coltiner une réputation de fils à papa, celui qui vient au collège en taxi. Il aurait pu presque trouver ça drôle, cette ironie de la vie, lui qui avait un père qui préférait border une voiture plutôt que son propre garçon. Mais il n'en avait pas beaucoup ri.

Et puis Sara était entrée dans sa vie, et en classe de première il s'était mis à sécher les cours. Il écrivait des excuses dans son carnet de liaison, des rendez-vous médicaux, la finale régionale d'échecs à Mâcon, le décès d'un grand-père puis d'un autre. Il décimait sa famille d'un coup de stylo et imitait la signature de son père qu'il avait fini par garder. Aujourd'hui encore, il avait la même. Un G sans majuscule derrière lequel s'attroupe un tas de lettres illisibles.

Il pense à ça ce matin, alors qu'il signe un document qu'il transfère à un service sans l'avoir lu. À cette signature qui est celle de son père. Il se demande s'il est encore possible d'en changer, à bientôt quarante ans. Il se demande surtout s'il va continuer de répéter ces quatre mots à chacune de ses phrases, comme s'il y avait un avant et un après.

« À bientôt quarante ans. »

* *
*

Stanislas retrouve Laurent après le travail. Cela fait plusieurs semaines qu'il n'a pas mis les pieds dans ce bar, *leur bar*, il en prend conscience à cette odeur d'alcool, de sueur et de cacahuètes qu'il ne remarque pas d'habitude et qui, là, lui saute au nez. Laurent écarte les bras et Stanislas pense qu'il en fait trop. Il aimerait pouvoir se baisser pour refaire ses lacets mais il n'en a pas. Alors c'est l'accolade.

— Ça fait plaisir de te voir, vieux. Tiens, assieds-toi, je vais nous chercher des bières.

Deux minutes plus tard, Laurent est de retour, les mains prises et le sourire à gauche à force d'avoir travaillé son côté séducteur. Le gauche, donc.

— Tu sais, faut faire gaffe aux femmes. On ne peut pas vraiment leur faire confiance. Enfin pas toutes, hein. Mais pas mal quand même. D'ailleurs comment ça se fait qu'elle ait autant de temps à te consacrer. Elle n'a pas de mec ? Pas de famille ? Pas de potes ? C'est louche tout de même.

Stanislas ouvre la bouche pour répondre mais aucun son ne sort. En réalité, il n'a qu'une vague réponse à ces questions.

— Elle a fait quoi pendant toutes ces années ? Elle était où ? Tu sais où elle habite en ce moment ?

— Non.

— Est-ce que t'es au moins sûr qu'elle est prof à la fac ?

— Je... je... c'est-à-dire...

— Ah ouais, le coupe-t-il. Enfin, t'es grand. Mais je t'aurai prévenu.

— Comment va Valérie ?

Laurent est pris d'une quinte de toux. C'est un sujet qu'ils abordent rarement ensemble. Son couple, sa vie de famille. Parfois Stanislas est invité chez eux, les verres trinquent, les rires claquent, les sujets restent superficiels.

— Ça va, dit-il une fois son calme retrouvé.

— Tant mieux alors.

Cette conversation embête Laurent. Il prend une gorgée de bière en se demandant à quoi il joue mais ne dit rien.

— Tu te poses des questions parfois, Laurent ?

— Évidemment, répond ce dernier en haussant les épaules.

— Quel genre de questions ?

— Ben des questions. Qu'est-ce que tu veux que je te dise.

— C'est quoi la dernière question que tu t'es posée ?

— La dernière… ?

— Oui.

— Attends, parce que figure-toi qu'il faut que je réfléchisse car il y en a un paquet qui me passent par la tête, contrairement à ce que t'as l'air de croire. Par exemple, pourquoi mon meilleur pote, ce mec stable et raisonnable, s'entiche-t-il d'une fille bizarre qui sort de nulle part ? Tu sais, les mecs comme moi on sait reconnaître les problèmes. Faut bien que ça serve à quelque chose de s'en créer autant. Alors ouais, je me demande pourquoi ce pote en question ne met pas simplement son profil à jour sur une application de rencontre alors qu'en plus, il sait très bien qu'avec sa gueule d'ange qu'aurait fait trois ans de taule, il lui suffit d'une photo pour convaincre une équipe de pom-pom girls de lui tricoter un pull de Noël. Mais comme je m'en pose pas mal des questions, je vais te dire, je me demande aussi si c'est pas lui qui a raison de préférer ne pas créer de famille plutôt que de faire comme moi, d'avoir suivi l'ordre des choses, comme on dit. Mariage à 25 balais, propriétaire dans la foulée et puis des gosses, bien sûr, pour au final n'avoir envie que d'une chose, se barrer. Alors quand j'en peux plus de regarder les billets d'avion pour l'autre bout du monde, je vais soulever de la fonte dans une salle de sport pourrie qui sent plus la dépression que la sueur. Et puis je vais boire des coups avec des filles dans des bars miteux à Beaune ou à Besançon. Quarante-cinq minutes de caisse pour l'illusion de se dire que je vais pas crever comme ça. Déjà mort. Mais à la fin, tu vois, je mets toujours la fille dans un taxi, je ferme la portière et je la regarde rentrer chez elle avec les coutures de mon jean sur le point de craquer. Je suis un connard mais un connard avec des principes. Le lendemain je te retrouve ici et je te raconte n'importe quoi. Mes fantasmes ou mes frustrations, j'sais pas comment appeler ça. Je t'explique ce que j'aurais voulu faire mais que j'ai pas fait, parce que j'sais bien qu'un jour ou l'autre tous les frissons se transforment en gratin de courgettes devant le film du mardi soir. Et toi, tu y crois, et moi ça me va parce que si tu penses que c'est vrai alors ça l'est peut-être un peu. Et ça me fait du bien. Voilà les questions que je me pose, Stan. Mais si tu veux, je peux te dire que la dernière question que je me suis posée c'est à partir de quel âge un nain devient petit, comme ça, tu restes convaincu que ton pote est bien un con et moi je te garde bien au chaud, ici à Dijon. Parce que si toi tu venais à te barrer, là, c'est pas le même délire. La salle de sport, j'y fous le feu.

31

1992-1993

Un soir après les cours, Sara était venue au salon de coiffure de Cynthia. « Je cherche Stanislas », et Cynthia lui avait indiqué un siège pour patienter : « Il ne devrait plus tarder. Il est allé chercher des rouleaux pour mon terminal de paiement. »

Et elle avait patienté, elle, l'impatiente. Assise dans un fauteuil en skaï, elle avait regardé les gestes rapides et précis de cette femme qui portait des créoles et des sabots aux poinçons dorés. Les coups vifs de ses ciseaux sur la chevelure brune d'une femme qui fermait les yeux, sans la moindre appréhension. Sara n'allait jamais chez le coiffeur, c'était sa mère qui lui coupait les cheveux dans le lavabo rose de l'appartement. Les jours qui suivaient, elle faisait un chignon qu'elle plaçait presque au sommet de sa tête, le temps que les imperfections se perdent dans la masse.

La femme aux yeux fermés se met à raconter des choses, des histoires sur sa vie, son couple, son travail. Cynthia écoute, glisse quelques mots de temps en temps. Sara se met à compter le nombre de phrases de la cliente entre chaque phrase de la coiffeuse. 1, 2, 3, 4, 5, 6, 7, 8. Elle pense à la cadence des chorégraphies de danse. C'est une conversation à huit temps, une valse en quelque sorte. Parfois Cynthia lui jette un regard en coin puis vérifie l'heure à son poignet. Sara a perdu la notion du temps depuis un moment quand la cliente se lève, observe son reflet dans le miroir, tend sa joue gauche puis la droite, recule légèrement et se sourit. Elle se dirige vers la caisse, paie et puis s'en va.

— Quand j'étais petite, je voulais être coiffeuse pour coiffer les cheveux de Dorothée. Vous avez toujours voulu faire ce métier, vous ? avait demandé Sara.

Cynthia avait souri.

— Moi, ce que je voulais, c'était coiffer les cheveux de Dalida.

Elle range ses ciseaux dans un étui avant de reprendre.

— Quand j'ai débuté, j'ai participé à un prestigieux concours de coiffure. Il y avait plus de trois cents participants. Je venais tout juste d'avoir 18 ans et j'ai gagné. Mais je ne voulais pas vivre à Paris, c'est tout. Je ne regrette rien. Je suis coiffeuse parce que j'ai toujours aimé écouter les femmes parler. Aujourd'hui j'ai mon salon, mes clientes, les nouvelles, les anciennes. Celles de passage. Quand une cliente arrive, je propose toujours quelque chose à boire. Il y a celles qui prennent un café serré sans sucre. Elles, elles n'ont pas le temps. Elles savent ce qu'elles veulent. Celles qui demandent un café long sucré, par contre, c'est l'inverse. Elles hésitent, veulent du changement mais n'osent jamais le faire.

— Vous pensez que c'est aussi simple que cela ? avait demandé Sara, sincèrement curieuse de connaître la réponse.

Cynthia avait souri.

— On ne peut jamais tout connaître des gens. Mais je crois qu'on peut les deviner.

Stanislas était arrivé à ce moment-là. Il avait posé les rouleaux devant la caisse enregistreuse et avait fait un geste de la tête pour proposer à Sara de sortir.

— T'es proche de ta mère ? lui avait-elle demandé une fois à l'extérieur.

— Ça va. Disons que par rapport à mon père, ça n'a rien à voir.

— C'est pareil avec tous les pères, ça. Moi, il y a tellement de distance entre mon père et moi que je ne l'ai jamais vu.

— Ah…

— C'est mieux. L'imagination n'est jamais décevante.

Stanislas pense à son père qu'il voit trop souvent pour imaginer quoi que ce soit mais il ne répond rien. Il continue de marcher au côté de cette fille sans savoir où ils vont. Il se demande ce qu'elle fait là et, comme si elle lisait dans ses pensées, elle reprend :

— Tu peux m'aider à réviser mon rôle ?

— Oui. C'est quoi le nom de la pièce ?

— *Le Jeu de l'amour et du hasard.*

Elle lui tend un tas de feuilles maintenues par une agrafe et, sans lui laisser une seconde :

— Un jour, tu m'emmèneras voir la mer.

Il fronce les sourcils, tourne plusieurs fois le texte, cherche la tirade qui correspond à ce qu'elle vient de dire, mais ne trouve rien.

— Attends, j'y suis pas.

— C'est pas dans le texte, dit-elle.

Il lève la tête et Sara reprend.

— Je voudrais que tu m'emmènes voir la mer.

Il est troublé par sa demande mais sans réfléchir il répond aussitôt :

— Je te promets qu'un jour on ira.

32

2015

Elle avait dit « il faut qu'on y aille », alors ils y étaient allés.

Devant la grille, elle l'attendait enroulée dans un manteau en fausse fourrure marron orangé qu'elle avait certainement considéré être dans des tons sobres. Elle était arrivée en premier et ils s'en étaient fait tous les deux la remarque, même si ni elle ni lui ne l'avait énoncée. À la place, elle s'était contentée d'un « on ne fait rien de mal » et ils savaient tous les deux que cette phrase n'était prononcée que lorsque cela n'était pas entièrement vrai. Ils ne faisaient rien de mal mais ils ne faisaient rien de neutre non plus.

Elle avait pris la direction d'un chemin de gravillon et il lui avait emboîté le pas sans un mot. Ils avaient marché ainsi côte à côte sur quelques mètres.

— Laisse-moi deviner.

— Quoi ?

— Tu adores les cimetières.

Elle avait fait une petite moue avant de répondre qu'après tout, c'était bien plus gai que les boîtes de nuit.

— Tu plaisantes ?

— Ici la souffrance n'existe plus.

— Et en boîte de nuit, si ?

— Dans tous les endroits joyeux, il y a beaucoup plus de souffrance qu'ailleurs. Si t'es pas heureux dans un supermarché, tu commences pas à remettre ta vie en question. T'es pas heureux, bon d'accord, tu déposes quand même ta conserve de petits pois au fond de ton caddie et puis tu avances jusqu'au rayon des pâtes. Malheureux au milieu de gens qui dansent, c'est pas pareil.

— C'est juste différent… avait-il tenté.

— Au moins ici, tout le monde est mort. Les riches, les pauvres, les beaux, les moches, ceux qui ont raté leur vie, ceux qui l'ont réussie. Même ceux qui ont une grande et belle tombe, ils sont pas mieux que les autres. C'est enfin l'égalité. Contrairement à la naissance. Attends, je crois que c'est sur la droite.

— Comment tu le sais ?

— J'ai demandé au gardien. On n'allait pas errer pendant des heures.

Ils font quelques mètres, tournent à nouveau à droite au niveau d'un robinet et arrivent devant une tombe en granit parfaitement lisse. Un léger trouble parcourt Stanislas lorsque ses yeux déchiffrent le nom gravé dans la pierre.

— C'est dommage que personne n'ait jamais osé la couleur, dit-elle. C'est un peu répétitif ce gris.

Sara s'accroupit, retire les feuilles mortes qui recouvrent une partie de la sépulture et replace une couronne de fleurs fraîches au centre du rectangle. Dessus, il est écrit : « À notre ami. »

— Je l'aime bien ce gars. Je suis sûre qu'on se serait bien entendu.

Elle se relève et se place au côté de Stanislas, les mains jointes.

— Qu'est-ce que tu fais ?

— Je prie. Et je lui demande si ça ne l'a pas trop dérangé qu'on ait fouillé dans sa vie.

Un sourire effleure le visage de Stanislas.

— Et alors il répond quoi ?

— J'en sais rien, tu nous as coupés, dit-elle en le foudroyant du regard.

— Ah pardon. Enfin j'imagine...

— C'est bon, reprend-elle après plusieurs secondes de silence.

Elle s'assied sur la dalle rectangulaire et se met à fouiller dans son sac d'où elle extirpe une tasse en céramique qu'elle glisse près de la couronne.

— Attends, c'est ce que je pense ?

— Je voulais qu'il sache qu'il n'était pas mort con.

Stanislas ouvre la bouche mais aucun son n'en sort. À la place, sa gorge se serre. Des rangées de tombes, toutes alignées les unes aux autres, occupent le paysage. Il sait que quelque part dans ce cimetière, se trouve un caveau de famille sur lequel son nom est encore une fois inscrit. Mais en dessous, il n'y a qu'une seule date. Le premier et le dernier jour de sa vie se confondent. Il sait que sa mère s'y rend de temps en temps. Peut-être plus que ce qu'il imagine. Lui n'y est quasiment jamais allé.

— Ce serait quoi ton épitaphe ?

Sara le sort de ses pensées et Stanislas sourit.

— Quoi ? dit-elle

— Tu te rends compte qu'on ne parle que de la mort depuis deux semaines.

— On parle de la mort parce que c'est la chose la moins répétitive de la vie, dit-elle. Et puis une épitaphe, c'est un résumé, c'est tout. Le résumé d'une œuvre longue.

— Ça serait quoi la tienne ?

— Sara Guerel a gagné, a perdu, a joué encore plus.

— Sur ta pierre tombale ?

— Oui.

Il la regarde un long moment comme s'il essayait de deviner quelque chose.

— On ne perd jamais quand on a autant joué, conclut-elle. Bon, on y va ?

Ils marchent côte à côte dans les allées du cimetière qui les ramènent vers la sortie. Vers le monde des vivants.

— Je crois que pour aimer la vie, pour l'aimer encore plus, on devrait être mort au moins une fois.

Il ne sait pas pourquoi, à cette phrase, il sent un frisson parcourir sa colonne vertébrale. Il pourrait jurer que Sara parle d'elle, de sa propre expérience. Il serait capable d'affirmer que ce qu'elle est en train de lui dire, c'est qu'elle est déjà morte.

Au moins une fois.

33

1992-1993

La soirée a lieu dans une salle des fêtes située dans un camping tenu par les parents de Florent. Privilège des redoublants, il est le premier à célébrer ses 18 ans. Il a invité pratiquement tout le lycée sans trop savoir qui viendrait mais cela n'a que peu d'importance puisque chacun est censé apporter sa propre bouteille d'alcool. Plus il y a de monde, plus il y a à boire.

C'est l'hiver et le camping est fermé, alors, pour ceux qui le souhaitent, ceux qui ne seront pas en capacité de rentrer chez eux, des bungalows sont à disposition pour passer la nuit. La mère de Florent ne sait pas exactement pourquoi elle a accepté une chose pareille mais elle ferme les yeux et prend une grande inspiration : elle n'a qu'un fils et il n'aura qu'une fois 18 ans. Il n'empêche, il est prévenu, l'année prochaine il a intérêt à avoir son bac du premier coup.

La soirée n'a commencé que depuis une petite heure quand Stanislas arrive sur place. Le volume des baffles est à son maximum et la moitié des gens qu'il croise est déjà ivre morte. Stanislas pense aussitôt à une rave party même s'il n'a pas la moindre idée de ce à quoi peut ressembler une rave party. C'est en tout cas l'idée qu'il s'en fait et il se demande si une vie à 16 ans, ce n'est pas souvent ça : l'idée que l'on s'en fait.

Sara n'est pas encore arrivée. Il discute avec Mélodie qui le regarde différemment depuis quelques mois. Peut-être parce qu'il a pris cinq centimètres, qu'il est épargné par les ravages de l'adolescence ou bien parce que sa mère ne l'a pas laissé errer dans les méandres d'un duvet au niveau de sa moustache. Peut-être aussi parce que le bruit court qu'il est en couple avec Sara. Stanislas aussi regarde Mélodie différemment : la plupart du temps, il ne la voit même pas. Il répond tout de même à ses questions parce qu'il n'a pas vraiment de raison de ne pas le faire.

Et puis Sara est là. C'est elle qui le voit en premier, mais quand ils se retrouveront elle prétendra le contraire. Elle se détestera aussitôt mais parfois ses sentiments la cognent. Elle idéalisait l'amour, et elle se rend compte que l'amour c'est juste un truc pesant qui modifie ses réactions, lui fait perdre ses moyens. Et imaginer Mélodie enfermée dans une tour de pierre au sommet d'une montagne du Kazakhstan.

Elle se sert un verre d'alcool à la noix de coco auquel elle ajoute du jus d'ananas et avale le mélange en trois gorgées. Quand elle se retourne, Stanislas s'est approché d'elle.

— Salut.

Chacune de leurs retrouvailles ressemble à une reconquête. Ils ne s'embrassent jamais pour se dire bonjour, pas plus pour se dire au revoir. Ils marchent sur le bord des choses, les yeux fermés par la pudeur et les pas guidés par leur timidité. Leur relation n'est pas secrète mais personne n'est vraiment sûr de ce qui se passe. Depuis l'Allemagne, à vrai dire, il ne s'est rien passé.

— Salut.

Il voit tout de suite que quelque chose ne va pas mais il ne relève pas.

— Tu veux boire quelque chose ? dit-il en pointant son verre vide.

— D'accord.

Elle boit un deuxième verre à la même vitesse que le premier puis sans un mot elle se dirige vers la piste. Stanislas ne bouge pas. Il l'observe. Elle comme s'il n'existait pas, devant les platines de Michael, un terminale, DJ de la soirée. Elle lève les bras et ses hanches basculent de la gauche vers la droite. À un moment, elle quitte la piste, se dirige vers lui et Stanislas sent son ventre se tordre mais elle le dépasse presque sans un regard pour lui. Elle pose son pull sur une chaise et retourne danser. Elle a relevé ses cheveux dans une haute queue de cheval qui dégage sa nuque et Stanislas voudrait regarder ailleurs mais il ne peut pas quitter cette courbe. Il ne peut pas. Vincent s'approche de Sara et lui propose un verre. Il se met à danser face à elle, sa main droite effleure son épaule pour dégager une mèche. Stanislas n'aime pas la façon qu'il a de faire. Il sait très bien ce que Vincent imagine. Il le sait parce qu'il a pensé la même chose. Vincent s'approche de son cou, glisse quelques mots au creux de son oreille et Sara se laisse faire. Elle continue de danser et elle ne le repousse pas. Michael lance un nouveau son et plonge la salle dans le noir complet avant de rallumer un spot qui agit comme un flash. Stanislas ne voit Sara et Vincent qu'une seconde sur deux. L'autre, il panique.

Une minute plus tard, il a juste le temps de lire sur les lèvres « On sort prendre l'air ? » et de voir Sara hocher la tête qu'ils ont déjà disparu.

Il est sur le point de sortir de la salle mais Mélodie surgit de nulle part et lui attrape le bras. Elle s'approche de lui et son corps n'est qu'à quelques centimètres du sien. Son décolleté est au moins aussi déroutant que ses intentions. Il joue le jeu pourtant, au moins jusqu'à la fin de la musique. Mais dès que Michael appuie sur le bouton qui déclenche les fumigènes et que tout le monde est plongé dans le brouillard, il en profite pour disparaître à son tour.

Une fois dehors, il se met à chercher Sara. Il avance sans trop savoir vers où aller, il marche entre les bungalows et les emplacements réservés aux caravanes jusqu'à arriver à une aire de jeux. Il entend alors des voix qui proviennent du toboggan.

— Lâche-moi un peu, Vincent.

— Tu peux pas chauffer tout le monde comme ça et me faire croire que c'est pas ce que tu veux…

— Putain, mais c'est quoi votre problème à vous les mecs ? Arrêtez de croire que chacun de nos gestes vous est destiné.

— Calme-toi, chérie, dit-il en posant sa main sur son bras.

— Ne me dis pas de me calmer.

Sara retire son bras d'un geste sec et tente de partir mais Vincent la rattrape par le coin de son débardeur qui se déchire.

— Mais t'es un malade !

Sara le repousse mais la réaction de Vincent est beaucoup plus violente. Il l'empoigne par le cou et la plaque de toutes ses forces contre le toboggan. Un bruit métallique résonne dans la nuit et aussitôt, Stanislas surgit de sa cachette.

— Ah tiens. Voilà Stan le cassos, dit-il en se détournant de Sara.

Stanislas s'avance vers Vincent qui ne recule pas d'un centimètre. Leurs visages se font face, se touchent presque, mais ni l'un ni l'autre n'est disposé à arrêter cette ridicule parade d'intimidation. Une fraction de seconde pourtant, Stanislas décèle une faille chez Vincent. De la surprise. Celle de voir cette violence, cette rage qu'il n'attendait pas de sa part. Vincent est sur le point de laisser tomber et de partir mais au dernier moment, il se retourne et envoie un coup de poing à Stanislas. Son geste est ralenti, par l'alcool sans doute, car Stanislas a le temps de se pencher sur le côté pour l'éviter. L'intensité de ce mouvement qui se perd quelque part dans le vide déséquilibre Vincent qui se rattrape à un tourniquet. Stanislas s'avance vers Sara pour s'assurer qu'elle va bien mais l'autre s'est déjà relevé et fonce sur lui. Dans un réflexe qu'il ne soupçonnait pas lui-même, Stanislas fait un pas de côté et balance une droite dans la mâchoire de Vincent qui, cette fois, s'écroule par terre. Stanislas a l'impression que son poing vient de se briser sous l'impact, mais il serre les dents et fait en sorte de ne pas laisser transparaître sa douleur. Vincent se relève, un peu sonné. Vexé, aussi.

— Tu vas me le payer, lance-t-il en se massant la joue.

Mais il ne bouge pas. Stanislas ne cille pas, le corps droit et tendu par l'adrénaline. Il est prêt. Vincent crache alors sur le sol et s'en va.

— Merci.

Stanislas ne répond rien. Ils sont tous les deux assis sur des marches en face de la salle où se déroule la soirée. Ils observent en silence ce qu'il se passe à l'intérieur, les allées et venues de ceux qui sortent prendre l'air, vomir ou fumer une cigarette.

— Tu sais Sara… je… je serai toujours là pour toi.

— On verra.

Il est sur le point de répondre quelque chose mais au même moment, Mélodie sort du bâtiment. Elle le fixe, fixe Sara puis le fixe encore avant de baisser les yeux.

— Tu peux y aller si tu veux, lance Sara.

— Ne dis pas n'importe quoi. Mélodie, c'est vraiment un non-sujet.

— Arrête. Mélodie c'est LE sujet principal du lycée.

— Pas pour moi.

— Ah.

— Sara…

— Quoi ?

— C'est toi qui es distante depuis l'Allemagne.

— C'est toi qui dis à tout le monde que tu n'es pas amoureux.

— Je… c'est un malentendu.

— Enfin je veux dire, évidemment tu ne l'es pas, ce n'est pas la question, reprend-elle, mal à l'aise. C'est juste que t'es pas obligé de le revendiquer non plus… c'est humiliant, je trouve.

Sara se redresse brusquement mais Stanislas ne lui laisse pas le temps de partir. Il lui prend la main et, d'un geste, l'attire contre lui. Il passe son autre main dans ses cheveux, caresse son visage et s'approche de sa bouche. Un mélange de sucre, de fruits et d'alcool fort.

— Vous avez trop bu ce soir, mademoiselle Guerel, dit-il en frôlant ses lèvres du bout des siennes. Mais contrairement aux idées reçues, l'allemand est une langue qui manque de précision.

Et il l'avait embrassée.

Des bruits de pas les avaient ramenés à la réalité. Stanislas lui avait alors pris la main, ils avaient couru sans s'arrêter jusqu'au point le plus éloigné du camping. Ils avaient choisi un bungalow, l'un de ceux à l'écart des autres, et ils s'étaient réfugiés à l'intérieur. Sara l'avait aussitôt embrassé et leurs pas titubants les avaient menés jusqu'à la chambre où ils s'étaient écroulés sur le lit. Stanislas lui avait dit que c'était la plus belle fille qu'il eût jamais vue, à moins qu'il l'ait simplement pensé de toutes ses forces. Il lui avait retiré son débardeur et il l'avait embrassée, encore. Il était à la fois terrifié et terriblement confiant. Sara était cette terre qu'il avait parcourue tant de fois dans ses rêves et à présent c'était comme s'il connaissait parfaitement cette destination tout en redoutant de s'y perdre. Chaque caresse réveillait l'épiderme de sa peau douce, chaque mouvement propageait une fièvre contagieuse. Ils vivaient ensemble ce désir intime pour la première fois. Et rien ne leur avait paru plus évident que leurs gestes l'un pour l'autre.

La nuit s'était poursuivie jusqu'à l'aube et leurs corps adolescents s'étaient échoués là, sur cette nouvelle rive.

34

2015

Stanislas était devant la porte bleue de cette maison de plain-pied qui lui rappelait un peu celle de ses parents. Il était venu plus d'une fois auparavant, pour des dîners que Valérie avait mis un temps fou à préparer : bœuf bourguignon, blanquette de veau, pot-au-feu. Des plats qui devaient mijoter une éternité avant d'être dégustés.

Au bureau, Myriam, une collègue en plein divorce, lui avait parlé d'un livre écrit par un conseiller conjugal américain qui listait les différents langages de l'amour. Les actes qui disent « je t'aime » avait-elle précisé devant son air dubitatif. Stanislas avait aussitôt pensé à Valérie et il s'était demandé si c'était sa manière à elle d'exprimer ses sentiments. Son amour se mesurait peut-être en temps de cuisson. Cette idée persistante ne l'avait plus quitté et devant cette porte bleue, Stanislas était désormais toujours inquiet de découvrir un plat fait à la va-vite. Une quiche ou pire : une raclette. Une raclette, ce serait vraiment un coup dur, pense-t-il au moment où la porte s'ouvre.

Laurent se tient devant lui, un tablier noué autour de ses hanches mais Stanislas sait qu'il ne s'est occupé de rien, si ce n'est d'ouvrir une bouteille de vin.

— Je suis content de te voir, dit-il en posant une main amicale sur son épaule. Mais ne reste pas là, entre. Valérie a fait une bouillabaisse.

Une voix dans la cuisine précise qu'elle arrive dans une minute et Laurent ne dit rien mais tous ses gestes signifient qu'est-ce que tu veux que je te dise, c'est Valérie, personne ne pourra la changer. La table est dressée et Stanislas remarque aussitôt qu'il y a quatre assiettes.

— Les enfants sont chez les parents de Valérie, précise Laurent. Je te sers un verre de vin ? J'ai un chablis avec de belles notes florales, équilibré comme il faut, ça va te plaire.

— Qui est la quatrième personne ?

Un bref sourire étire la bouche de Laurent et une fossette creuse sa joue droite. Il est sur le point de répondre mais au même moment, la sonnerie de la porte d'entrée retentit.

— Tu vas voir, glisse-t-il avant d'aller ouvrir.

Stanislas sait exactement ce qu'il va voir. Une fille qui vient de se faire larguer, une collègue de Valérie ou une de ses copines de son cours de danse. Elle aura mis un peu de maquillage, du blush ou un trait d'eye-liner, quelque chose qu'elle ne fait habituellement pas mais qu'elle aura tenté pour se prouver qu'elle est désormais une autre femme. Valérie dira « Tu as bonne mine » mais personne n'a réellement bonne mine un samedi soir de novembre sauf ceux qui ont besoin de l'entendre. Elle le regardera, baissera les yeux, et quand elle les lèvera de nouveau, elle aura les joues légèrement roses et le blush n'aura plus rien à voir avec tout ça. Stanislas lui demandera poliment ce qu'elle fait dans la vie, il jouera le jeu pénible des interactions sociales par amitié pour Valérie mais aussi parce qu'il a compris que le silence est plus pesant encore que les lieux communs. Elle s'appellera Lucie, Marie ou Jessica. Elle aura la phobie du verglas, la passion des chevaux, vu le dernier film de Tarantino, visité la Sagrada Familia. Elle adorera l'Italie, les couchers de soleil, l'odeur de la pluie sur les routes d'été. Elle détestera le céleri, les araignées et le racisme. Elle travaillera trop, dormira mal les soirs de pleine lune et aura un avis sur l'astrologie tout en n'y croyant pas une seconde. Elle dira « Ah ta mère était la coiffeuse de Cynthia coiffure » ou encore « Moi aussi j'étais au lycée Montchapet », alors tout le monde cherchera le nom de la prof de physique chimie et calculera l'année du bac pour se rendre compte que non, ça ne dit rien à personne, ils ne devaient pas traîner avec les mêmes gens. Ils partiront ensemble de chez Laurent et Valérie car ce serait étrange de faire différemment. Stanislas la raccompagnera jusqu'à sa voiture, ils se diront : « C'était sympa de se rencontrer » puis « à une prochaine » et ils seront bien obligés d'échanger leur numéro de téléphone pour être cohérents. Elle enverra un message en premier parce qu'elle est triste, que le temps passe et qu'elle n'a rien à perdre. Il répondra parce qu'il n'aura pas de raison de ne pas le faire. Ils se retrouveront un jeudi soir au bar d'un restaurant à la lumière tamisée. Elle commandera un verre de vin blanc sec, puis un deuxième. Ils prendront le troisième chez elle. Finalement, elle n'avait pas si faim. Elle aura trois grains de beauté au creux de ses reins, la peau douce et le corps chaud. Elle attendra qu'il lui écrive mais il ne le fera pas. Laurent commentera : « Elle était super pourtant » et Stanislas ne dira rien car les silences sont plus pesants que les lieux communs.

Laurent arrive dans la salle à manger. Il est accompagné d'une fille d'une quarantaine d'années, un trench élégant et des bottines vernis sous un jean gris. Un fin trait noir souligne son regard bleu. Elle se demande sans doute ce qu'elle fiche là et pourquoi elle a accepté ce dîner. Mais elle n'a pas le temps de s'enfoncer davantage dans cette pensée. Laurent annonce :

— Voici Ingrid, une cousine de passage à Dijon pour le salon de...

— Le congrès des vétérinaires.

— Voilà. Ingrid, Stanislas, un de mes amis les plus chers.

* * *

Stanislas ne voyait pas l'avenir comme quelque chose qui allait arriver. Il ne se projetait nulle part, pas plus dans deux semaines que dans dix ans, et quand la directrice des ressources humaines lui avait posé la question lors de son entretien d'embauche, il n'avait tout simplement pas répondu.

— Monsieur Gélin ? Vous êtes toujours avec moi ?

— L'avenir n'existe pas, avait-il finalement affirmé, sans trop savoir pourquoi il disait une chose pareille.

La DRH avait été prise de court et n'avait pas vraiment su si cette réponse se rapprochait du génie ou de la bêtise. Dans le doute, elle avait préféré l'embaucher. C'est ainsi qu'il avait rejoint le monde de la banque, deux semaines après l'obtention de son diplôme. C'était il y a presque vingt ans.

La première semaine de travail, Stanislas avait pris ses marques au guichet de l'agence afin d'apprendre à utiliser le logiciel et de se familiariser avec les opérations de base. L'une de ses premières clientes avait été une vieille dame venue enregistrer le nouveau RIB du propriétaire de son logement à qui elle devait faire un virement tous les mois pour le paiement de son loyer. Stanislas s'était chargé de l'opération en complétant minutieusement les vingt-sept caractères du compte. Et puis il avait validé.

Deux mois plus tard, elle revenait se plaindre que son propriétaire menaçait de l'expulser en évoquant le non-paiement de son loyer. Or elle était bien débitée. Stanislas avait rapidement compris son erreur. Son doigt avait ripé du 6 vers le 7 et l'argent de cette dame avait atterri sur le compte d'un inconnu qui ne s'était pas manifesté. Il lui avait suffi d'un coup de téléphone pour apprendre que rien n'obligeait cet homme à rendre l'argent et d'un autre pour comprendre que ce dernier en était parfaitement au courant.

Il avait fait une erreur et il en était responsable. Comme il était encore dans sa période d'essai, tout portait à croire qu'il allait perdre son emploi. Il s'était alors confié à ce collègue de travail qu'il connaissait à peine mais avec qui il s'était retrouvé ce jour-là, à la même table : Laurent, qui était embauché depuis plus d'un an et qui avait déjà fait ses preuves. C'est ce qu'il lui avait dit justement.

— Ce que je veux dire c'est que, contrairement à toi, je ne risque rien. Je vais me faire un peu engueuler c'est sûr, mais j'ai de bons chiffres, ils ne vont pas vouloir se débarrasser de moi. Donc je vais leur expliquer que c'est ma faute. Que j'étais là, à côté de toi, que je t'ai mal dicté les chiffres en voulant t'aider, et ça sera réglé.

— Pourquoi tu ferais une chose pareille ?

— Franchement, j'en sais rien, avait-il répondu en se reculant sur sa chaise.

Il avait pris une grande gorgée d'eau et avait regardé longuement Stanislas avant d'ajouter :

— J'ai l'impression que t'es le genre de type qui mérite une seconde chance.

Laurent avait tenu parole, il était allé se dénoncer et les choses avaient fini par rentrer dans l'ordre sans trop faire de vagues. Mais à la fin de l'année, son bonus avait été imputé des deux mois de loyers de Mme Renoir, à la virgule près. À partir de ce jour-là, Laurent avait commencé à parler de Stanislas comme de son plus cher ami pour la blague. Mais il savait qu'au fond, il était bien plus que ça.

* *
*

— J'aime bien les courants d'air.

Stanislas avait levé la tête de son assiette. Il était étonné par cette femme assise en face de lui, cette femme grande, mince, blonde, dont le prénom évoquait les prairies autrichiennes, sans savoir pourquoi elle venait de dire une telle phrase. Il était perdu dans ses pensées et n'avait aucune idée du contexte. Était-il question d'une métaphore ou réellement d'une femme qui ouvre les fenêtres de son logement et attend, assise les genoux repliés contre sa poitrine qu'un rhume survienne ? Il n'avait pas osé poser de question et la conversation avait repris de manière tout à fait normale.

Car Ingrid était normale. Elle tenait ses couverts comme la société attendait d'elle qu'elle les tînt et il trouva ses gestes élégants. Elle souriait quand elle parlait, elle parlait quand elle souriait. Elle acceptait qu'on lui resserve du vin, qu'elle trouvait délicieux, disait « volontiers » plutôt que « oui », hochait la tête quand elle écoutait et riait généreusement aux blagues, même les moins drôles. Elle posait des questions, écoutait les réponses et avait un avis pertinent sur les choses. Elle était ce parfait mélange de doute et de confiance, ce juste milieu dont personne n'a jamais défini les extrêmes. Elle ne disait pas qu'elle aimait contempler la lune comme si elle était la seule personne sur terre à aimer le faire.

Elle racontait son histoire, son enfance à la campagne entourée d'animaux et ce métier qu'elle avait voulu faire depuis son plus jeune âge. Elle aurait voulu leur épargner le cliché de la perte de l'animal de compagnie qui conditionne une vie mais elle devait bien reconnaître que la mort de son lapin à l'âge de 5 ans avait joué un rôle déterminant dans son choix de carrière. Difficile, une fois adulte, de ne pas chercher à tout prix à combler les drames de son enfance, avait-elle ajouté dans un léger rire qui n'était rien d'autre que de la pudeur.

Stanislas s'était alors perdu dans ses yeux, une demi-seconde peut-être, et il avait vu une chose qu'il n'aurait pas su définir mais qui, d'une certaine manière, l'avait troublé. Il s'était alors levé de sa chaise et lui avait proposé d'aller dehors, fumer une cigarette.

— Je ne…

— Le temps que Laurent prépare les cafés, avait-il ajouté.

— Très bien oui. J'attrape mon manteau.

Ils s'étaient retrouvés sur la terrasse et il lui avait tendu un paquet de chewing-gum en lui avouant que lui non plus ne fumait pas. Il avait eu besoin de prendre l'air mais maintenant qu'ils étaient dehors, il regrettait son idée. Il ne savait pas quoi dire à Ingrid, et sans doute l'avait-elle perçu puisqu'elle s'était mise à parler.

— C'est la troisième fois en moins de deux mois que je me retrouve dans ce genre de dîner, avait-elle avoué dans un demi-sourire. Je ne sais pas pourquoi les gens se sentent si concernés par le célibat des autres.

— Ils projettent leurs propres angoisses.

— Sûrement. Il n'empêche, je passe plus de temps à chercher un alibi qu'un homme. Il m'est arrivé de prétendre être avec quelqu'un pour être tranquille. Mais bon, ça ne fonctionne qu'un certain temps. L'imaginaire, ce n'est pas vraiment mon truc.

Ingrid était une belle femme, de celles qui correspondent aux standards de beauté tels qu'on les voit dans les magazines ou sur les abribus. Le dîner avait été un moment agréable. Intéressant même. Stanislas avait appris que la Lune tournait autour de la Terre au même rythme qu'elle tournait sur elle-même. Par conséquent, c'était toujours la même face qui était visible depuis la Terre. La même face aussi qui restait cachée. Il ne savait pas vraiment pourquoi cette information le perturbait. Il avait juste imaginé qu'en agissant toujours de la même manière avec les mêmes personnes, alors, une partie de nos proches nous échappait. Il avait regardé Laurent puis Valérie et il s'était demandé quelle était la face invisible de ceux autour de qui il gravitait. Il avait alors pensé à Sara.

— Mais pour une fois, j'ai passé un bon moment, dit-elle en plantant ses yeux dans ceux de Stanislas.

— Moi aussi, répond-il en retour.

Leur regard avait duré quelques secondes et puis la baie vitrée s'était ouverte et la tête de Laurent avait surgi pour les prévenir que le dessert les attendait. La soirée s'était poursuivie jusque tard et Stanislas s'était senti bien.

La seule chose qu'il avait trouvée insupportable, c'était de prétendre ne pas remarquer les coups d'œil satisfaits que Laurent lançait à Valérie. Il était convaincu d'avoir trouvé celle qui lui convenait parfaitement. Et sans doute était-ce vrai.

Mais il y avait une chose tout de même. Un détail.

À deux reprises au cours de la soirée, Stanislas avait appelé Ingrid, Sara.

35

— Alors ? T'en as pensé quoi ?

— De quoi ?

— Arrête un peu. Tu sais très bien de qui je parle. Ingrid.

— Ah, elle est sympa oui.

— Sympa ? C'est tout ? Tu plaisantes ?

— C'est une belle femme.

— Stan, cette fille, c'est une perle. Et je dis pas ça parce que c'est ma cousine vu que, techniquement, ce n'est pas vraiment ma cousine. Mais passons. Elle est belle, drôle, intelligente. Tu savais qu'elle comptait des trucs, comme toi ?

— Comment ça ?

— Allez, ne te fous pas de moi. Quand tu débarques quelque part, tu comptes ce qui te passe devant les yeux. Stan… ça fait quoi ? Vingt ans qu'on est potes ? Tu crois que je ne te connais pas par cœur ? Que je ne sais pas qu'au restaurant tu prends toujours la place qui fait face à la sortie ? Que tu éternues deux fois d'affilée mais que tu rates toujours la troisième ? Que quand tu prends un objet entre tes mains, tu essaies systématiquement de deviner son poids ? Que tu détestes les bananes mais que tu pourrais tuer pour un bon fromage ? Que tu ne crois pas en Dieu mais que quand ça ne va pas, tu t'assieds sur le dernier banc d'une église ? Que pour choisir un livre, tu lis la page 7 ? Et que d'ailleurs t'as un truc avec ce chiffre, le 7, mais que tu ne me l'expliqueras jamais parce que, au-delà de tout ce que je viens de dire, t'es un mec plein de secrets et de non-dits. Et que te connaître, c'est surtout te deviner.

Stanislas avait tourné la tête vers la fenêtre. De l'autre côté de la vitre, sur le trottoir d'en face, un couple s'enlaçait comme s'il ne s'était pas vu depuis des années.

— Tu vois, je te connais plus que tu ne le crois. Et je te le dis, cette nana, elle est faite pour toi.

Laurent souriait.

— Quoi ? Pourquoi tu souris ?

— Ben là, par exemple, je sais que tu détestes le mot « nana ».

— C'est normal, c'est pas un mot, c'est un son.

Stanislas examinait toujours cet homme et cette femme en essayant de deviner leur relation. Parce qu'il n'avait connu que l'amour contemplatif, il avait tendance à penser que l'amour démonstratif n'appartenait qu'aux prémices des histoires. Après tout, sa mère avait de tout temps regardé son père comme on regarde la mer. Une mer plate.

— Tu vois toujours cette fille ? demande Laurent.

— Sara ?

— Oui.

— Oui.

— Tu en sais plus sur elle, sur son histoire ?

— Oui.

— Et ?

Stanislas fit semblant d'être surpris par l'heure. Avant même qu'il ait pu prononcer le moindre mot, Laurent prit les devants.

— Ne te fous pas de moi. Je viens de te dire que je te connaissais par cœur et tu me fais ce coup-là ?

— J'ai un rendez-vous pour un problème de chaudière.

— Je rêve, dit Laurent en levant les bras au ciel.

Mais Stanislas avait déjà ramassé la plupart de ses affaires et, sans se retourner, il était parti.

36

1992-1993

Après les cours, Sara et Stanislas se retrouvaient parfois dans l'un des parcs de la ville pour faire passer le temps mais pas trop non plus : ils étaient attendus pour le dîner.

— J'aime bien m'asseoir en face des carrousels, avait dit Sara. Surtout celui-ci. Si tu le regardes de plus près, tu verras que chacun des moyens de transport qui le composent est issu de l'un des livres de Jules Verne.

Une sonnette avait retenti et le manège s'était mis à tourner.

— Il y a la montgolfière, bien sûr, le sous-marin aussi, et puis l'avion, la fusée spatiale, le tramway ancien. Il y a aussi un lion des savanes et un tigre de Sibérie. Et puis il y a les chevaux, mais ça, je comprends pas. Quand on a la possibilité de monter dans une fusée ou une montgolfière... bon à la rigueur, admettons qu'on aime les animaux... mais comment on peut hésiter entre un lion et un poney ? Et encore, ça, c'est rien. Parfois, il y a des carrousels avec des vélos... L'enfant qui est sur un vélo, ses parents ils se disent quoi ? Moi en tout cas, je sais ce que je dirais. Parce qu'un enfant qui monte sur un vélo quand il peut monter dans un avion, franchement, qu'est-ce que la vie prévoit pour lui ? C'est énervant parce que je cherche des explications. Avant je leur cherchais des excuses mais maintenant ils me fichent juste le moral à zéro. Alors quand il y a un enfant qui monte sur un vélo, je pars. Je me retiens de ne pas aller le voir pour lui dire le fond de ma pensée, que s'il continue comme ça, il va bien rater sa vie comme il faut. Mais je ne suis pas leur mère et je ne peux pas tous les sauver. Au moins avec ce manège, même l'enfant qui ne veut pas faire d'effort, il monte sur un cheval et on peut se dire que c'est un étalon sauvage et qu'il est devenu le cow-boy le plus respecté du grand Ouest.

Stanislas avait souri.

— Tu ne peux pas juger un enfant sur le choix qu'il fait sur un manège. Tu ne sais rien de son histoire. Il faut lui laisser une seconde chance.

Elle l'avait longuement dévisagé avant de hausser les épaules.

— Quoi ?

— Ma mère a quitté mon père, un type alcoolique et violent qu'elle avait rencontré en accompagnant une amie à une soirée. Il était grand, confiant, musclé. C'est ce qu'elle a vu en tout cas. Alors que c'était juste un type qui soulevait des trucs lourds cinq fois par semaine dans des salles de sport en préfabriqué. Ils sont restés ensemble quatre ans, jusqu'au jour où elle en a eu marre, et elle l'a quitté. Mais les copains de mon père l'ont suppliée de lui donner une seconde chance. Ma mère a cédé, elle est retournée avec cet homme avec qui elle n'avait rien à faire.

Elle fait une pause avant de reprendre.

— Il est parti trois semaines avant ma naissance.

Stanislas ne répond rien tandis que le manège tourne à vide devant eux.

— Tu vois, j'ai un avis plutôt partagé sur les secondes chances. Mais oui, dans le fond, je suis obligée d'y croire, ajouta Sara juste avant de disparaître de son champ de vision.

— À demain, avait-elle alors lancé en agitant sa main.

Elle ne s'était pas retournée.

37

2015

Pendant la pause déjeuner, Stanislas a pris la direction de l'université. Le campus est grand mais il redoute tout de même de croiser Sara à qui il ne saurait pas comment expliquer sa présence sur son lieu de travail. Il veut juste la voir, l'observer, la comprendre. Il veut ôter ce doute que Laurent lui a mis dans la tête, cette graine qui pousse comme une mauvaise herbe et dont il n'arrive pas à se débarrasser sans vérifier. Mais pour cela, il ne doit pas être vu. « Nous ne sommes nous-même qu'à une certaine distance des attentes des autres », lui avait un jour dit sa mère qui s'était inscrite à un cours de danse, à plus de 30 kilomètres de chez eux.

Stanislas a enfoncé un bonnet sur son crâne, remonté le col de sa veste au maximum puis il s'est contemplé dans un miroir pour en conclure qu'il ne ressemblait à rien.

Le bâtiment B, celui dans lequel se trouve l'accueil, se situe toujours au centre du campus et Stanislas pense alors que rien ne change. Surtout pas l'administration. Il arrive devant une grande vitre en plexiglas derrière laquelle il aperçoit une femme et son stabylo. Elle le tient comme si elle tenait réellement à lui et Stanislas pense que, peut-être, leur destin est lié.

— Je peux faire quelque chose pour vous ?

— Je cherche Sara Guerel.

— Guerel… ah oui, la nouvelle ! Elle ne travaille ni le jeudi ni le vendredi.

— Ah bon, vous êtes sûre ? demande-t-il, à la fois soulagé et gêné d'en être arrivé à vérifier qu'elle ne lui mentait pas.

— Et oui. Ou alors elle s'est transformée en homme à chemisette de cinquante ans, auquel cas, elle est bien dans le grand amphithéâtre. Juste là-bas.

Stanislas fixe Sabine Accueil comme son badge l'indique, ses grandes lunettes carrées, son visage ovale et son sourire en angle obtus. Elle a des airs de cours de maths.

— C'est pratique de s'appeler Accueil quand on y travaille.

Le sourcil de Sabine se soulève.

— C'est une blague ? demande-t-elle.

— Oui.

— OK.

Stanislas se racle la gorge.

— J'ai… j'ai récupéré ses clés, je veux dire, les clés de Mme Guerel, qu'elle a oubliées dans la salle d'attente d'un cabinet médical. J'ai compris qu'elle travaillait ici au détour d'une conversation. J'imagine qu'elle est actuellement bloquée à l'extérieur de son domicile. Auriez-vous l'amabilité de me communiquer son adresse ?

Sabine et son stabylo hésitent.

— Je peux aussi les laisser ici mais si vous me dites qu'elle ne travaille pas jusqu'à lundi…

Elle pousse un long soupir puis se tourne vers son ordinateur.

— Alors… Sara Guerel, dit-elle en pianotant sur le clavier.

Le visage de Sabine s'avance vers l'écran. Dans le reflet de ses lunettes, Stanislas pourrait presque avoir la réponse à sa question.

— OK très bien, vous avez de quoi noter ?

* *
*

C'est un quartier qu'il ne connaît pas. Il y est déjà passé, bien sûr, comme il l'a déjà fait dans chacune des rues de cette ville qu'il arpente depuis qu'il a l'âge de marcher. Mais, jusqu'à aujourd'hui, cette partie de Dijon n'avait jamais été une destination. Il observe les bâtiments à la manière d'un touriste, un mélange de vieilles pierres et de nouveaux matériaux, et découvre les rares commerces qui sont venus s'installer ici, à l'écart du centre-ville. Une devanture d'auto-école jouxte une pizzeria qui elle-même s'appuie sur un cabinet de réflexologie. Sara habite au numéro 19, un petit immeuble défraîchi de trois étages dont chacun dispose d'un balcon et d'un store rayé orange et marron. L'ensemble ressemble à un bâtiment de bord de mer des années 1960 sans le charme des vacances. C'est à la fois gai et assez triste.

Stanislas parcourt les trois marches qui mènent aux interphones et découvre six boutons mais seulement cinq noms. Et pas celui de Sara. Il s'apprête à appuyer sur celui sans destinataire mais, au même moment, la lumière des parties communes s'allume et une femme apparaît dans la cage d'escalier. Elle replace son sac sur son épaule et avance dans sa direction d'une démarche pressée. Elle ouvre la porte d'un geste brusque, c'est à peine si elle remarque qu'il se tient là, derrière la porte vitrée. Stanislas l'interpelle alors qu'elle a déjà dévalé les marches.

— Excusez-moi, Sara Guerel, c'est quel étage déjà ?

— Deuxième ! lance-t-elle sans même prendre la peine de se retourner.

Stanislas emprunte l'escalier, monte les trente-deux marches qui le mènent au deuxième étage et se retrouve face à deux portes. L'une à gauche et l'autre à droite, identiques, sans aucun nom sur les sonnettes. « Une chance sur deux », pense-t-il au moment où la minuterie s'arrête et le plonge dans l'obscurité. Il fouille dans ses poches et sort son téléphone pour tenter d'éclairer un indice. Il repère un paillasson devant la porte de droite et se demande si Sara est une fille à paillasson. Il se surprend à avoir un avis tranché sur le sujet. Il est certain que Sara vit derrière la porte de gauche, qu'elle n'aime pas l'idée de s'essuyer les pieds. Encore moins celle d'acheter un objet pour le faire.

Il sonne, et n'a pas la moindre idée de ce qu'il va dire, ni comment il va expliquer sa présence mais il sonne.

La porte s'est ouverte et, dans un rai de lumière, Sara est apparue. Stanislas a aussitôt songé à cette liste de choses que Laurent savait sur lui car dans les yeux de Sara, il a vu tout ce qu'il savait d'elle. Sa surprise de le voir là, sa gêne aussi, derrière le grand sourire. La vérité se trouve dans les détails, paraît-il. Mais les mensonges aussi. Ces petites choses que l'on ne voit pas ou bien que l'on dissimule. Car quand Sara sourit, Stanislas sait. Il sait que derrière cette porte qu'elle tire légèrement vers elle, il y a quelque chose qu'elle ne veut pas qu'il voie.

Mais elle va faire semblant et ce sera si naturel qu'il se demandera s'il ne connaît pas Sara que comme ça. Dans les faux-semblants. Elle ne l'interroge pas sur sa présence là, ni sur la façon dont il a eu son adresse. Elle ne questionne pas ses indiscrétions et c'est déjà un aveu ; celui de vouloir dissimuler les siennes.

— Je t'en prie, entre.

Le salon est plein de cartons qui n'ont même pas été ouverts. Dans le coin de la pièce, une pile de magazines agrémentée de romans aux pages cornées menace de tomber. Une partie d'un mur couleur coquille d'œuf a été repeinte en blanc mais le rouleau semble avoir été interrompu en plein milieu à la verticale, comme si le téléphone avait sonné et que la vie s'était arrêtée. Il y a un canapé, un de ceux que les étudiants laissent dans la rue à la fin de leurs études. Pas de meubles, pas d'étagères, pas de tableau, pas de photos. La pièce n'est pas vide mais elle est pleine d'absence que Sara tente de dissimuler en faisant de grands gestes. Stanislas l'observe dans son rôle qui lui saute soudain aux yeux. Tout ce bruit, toute cette agitation. Cette façon de faire comme si de rien n'était. Depuis leur retrouvaille, c'est la première fois qu'il se dit que, peut-être, elle est triste.

— Je te sers quelque chose ? dit-elle en disparaissant derrière une porte.

— Oui… peu importe, ce que tu as.

Elle revient avec deux gobelets en plastique posés sur un cadre retourné en guise de plateau.

— J'ai du sirop de grenadine ou un…

Elle attrape une bouteille de vin posée sur le sol et lit l'étiquette qu'elle semble découvrir pour la première fois.

— Un bourgogne. Évidemment. Ah oui. Je me souviens. Une bonne bouteille. Alors ?

— Un verre de grenadine, c'est très bien.

— T'es sûr ?

— Certain.

— D'accord. Une grenadine grand cru alors.

Sara sourit. C'est ce que Stanislas se répète en boucle, comme il lui arrive de chanter une chanson sans savoir pourquoi elle s'est immiscée dans sa tête. Sara sourit, c'est presque un seul mot. Dans une autre langue, avec un autre accent peut-être que cela veut dire quelque chose. Mais pas dans la leur. Sara sourit, ça ne veut rien dire car tout en elle semble sur le point de s'effondrer. Elle est une actrice que l'on surprendrait dans les coulisses.

— Ça va le travail ? demande-t-il.

— Super. J'ai des deuxièmes et des troisièmes années, autrement dit, des élèves qui sont là parce qu'ils en ont envie et pas parce qu'ils ne savaient pas quoi faire après le bac. Ce n'est pas toujours le cas mais bon, tu vois ce que je veux dire.

— Tu as cours tous les jours ?

— Sauf le jeudi et le vendredi. T'as faim ? Je peux commander une pizza.

Sans lui laisser le temps de répondre, elle se dirige vers la fenêtre qu'elle ouvre à la volée.

— Pascal ! Pascal, tu m'entends ? appelle-t-elle d'une voix puissante.

Une voix étouffée parvient aux oreilles de Stanislas.

— Ah super ! Tu peux me préparer une Parme ? D'ici 15 minutes ? Merci !

Elle reprend sa place dans le canapé comme si tout cela était normal.

Si elle vit sa vie comme elle joue un rôle c'est parce que, avant d'être vivante, Sara est comédienne de théâtre. Plus qu'une fille, plus qu'une collègue, plus qu'une amie, plus qu'une femme même. Sara ne se sentait pleinement vivre que lorsqu'elle était sur scène. Alors pour prolonger ce sentiment, il arrivait qu'elle transforme les trottoirs, le bitume, les carrelages en planches et que ses arrivées dans les lieux publics soient pareilles à des ouvertures de rideaux. Ce n'était pas forcément volontaire. Mais qu'elle exagère, qu'elle en fasse un peu trop, qu'elle prépare des phrases longtemps dans sa tête pour qu'elles sortent comme une réplique, c'était ça, sa personnalité. Et pendant des années, elle l'avait oublié.

Elle avait oublié qu'elle appréciait retrouver chaque soir la même troupe pour réciter le même texte parce que ce qu'elle aimait par-dessus tout, c'étaient les légères oscillations du quotidien.

« L'improvisation des choses déjà écrites », disait-elle, et on ne savait pas très bien si elle parlait du théâtre ou de la vie. Et cette incapacité de distinguer les deux, c'était Sara.

— On joue à un jeu ?

Stanislas se retient de dire que c'est ce qu'ils ont toujours fait. Ce qu'ils font encore aujourd'hui, d'ailleurs. Qu'il n'a jamais été question de choses sérieuses entre eux et il sait que dans ce dialogue interne, il y a sa rancœur adolescente.

— Quelle sorte de jeu ?

— Je ne sais pas… j'ai ça, dit-elle en posant trois dés sur la table.

— Tu les as toujours dans ta poche ?

— Oui.

— Pour quoi faire ?

Sara se redresse, l'air piqué.

— D'abord parce que je les tiens de ma grand-mère, comme je te l'ai dit. Et ensuite pour survivre à la tyrannie de la contingence. Évidemment.

Cette fois, c'est Stanislas qui la regarde les sourcils froncés.

— Quand j'avais 10 ans, ma mère s'est mise en couple avec un sale type. Encore un. Faut croire que c'était son credo. Il s'appelait Pascal et il passait son temps à râler, à critiquer, jamais un mot gentil, rien. Il raccrochait au nez des téléprospecteurs, engueulait les enfants qui jouaient au ballon dans la cour de l'immeuble, il se resservait d'un plat sans demander si on en voulait. Vraiment, il était désagréable avec tout le monde. Un jour, comme il sortait de la boulangerie, un pot de fleurs lui est tombé sur la tête du troisième étage et il est mort. Tout s'est joué en un instant. S'il était resté une seconde de plus sous la douche, s'il avait rangé sa tasse de café dans le lave-vaisselle, s'il avait pris la peine d'embrasser ma mère en partant, s'il avait fait quelques pas de plus jusqu'au passage piéton plutôt que de zigzaguer entre deux voitures… Il suffisait d'une seconde. En plus, en moins. Peu importe. Le destin n'était même pas difficile pour ça. Qu'est-ce que c'est une seconde ?

Stanislas ne répond rien.

— Quelques jours après le drame, je suis retournée dans cette boulangerie. Et j'ai entendu la boulangère dire cette phrase qui m'a hantée pendant des années : « Pour une fois qu'il cédait sa place à quelqu'un dans la file d'attente... »

Elle fait une pause.

— Tu ne te dis jamais qu'une minuscule décision peut avoir un immense impact dans ta vie ?

— Si bien sûr, c'est une pensée qui nous traverse tous j'imagine.

— Il y a des périodes où je n'y pense pas. Mais parfois, cette pensée m'empêche de vivre. Alors quand je sens que je perds le contrôle pour décider d'un restaurant plutôt que d'un autre, quand mon esprit chauffe à mille tours minute à cause d'un parfum de glace ou d'un film au cinéma, je lance les dés.

Stanislas l'observe et se demande qui est Sara. Si elle va bien, si sa folie joyeuse ne prend pas racine dans quelque chose de plus sombre qu'il n'y paraît. Ils avaient déjà eu cette conversation quelques semaines plus tôt et elle n'avait pas du tout exprimé la même chose. Il commençait à percevoir ses nuances, ses failles même, derrière cette grande façade qu'elle érigeait aux yeux de tous. Ce grand théâtre.

— Bon, attends, je vais demander deux autres dés aux voisins et on va jouer au 10 000. Tu connais ?

* * *

— Brelan de 4 donc 400 points. Plus deux 1 qui valent 100 points chacun. Ça fait 10 000, annonce Stanislas.

Sara jette un œil aux dés, semble faire un calcul dans sa tête puis se résout à ajouter les points sur la feuille où elle note les scores

— Tu as beaucoup de chance, affirme-t-elle les yeux toujours baissés.

Avoir un avis sur la chance, c'est une chose que Stanislas ne s'était jamais autorisé. Il était un petit garçon qui avait survécu à un autre petit garçon et, au cours de sa vie, il lui était souvent arrivé de penser à ce « une chance sur deux ». Durant son enfance surtout, il s'asseyait parfois dans un coin de la cour pour regarder ses camarades. Eux avaient juste leur chance, ils ne la partageaient avec personne. Le temps avait fait son œuvre et il avait réussi à se débarrasser de cette pensée. Mais le message de Sara, cette histoire d'homonyme, ces évènements, avaient mis le feu à son travail d'autopersuasion. Sa chance sur deux s'était changée en trois.

— Je pense plutôt que je n'ai pas de chance, répond-il.

— Avoir ou ne pas avoir de chance… Moi je pense que la chance n'appartient à personne. C'est la chance de tous les humains. La chance, c'est une branche qui au lieu de te tomber sur la tête, tombe 10 centimètres plus loin ou dix minutes après ton passage.

Elle croque dans sa part de pizza.

— De toute façon, la chance on ne la voit que quand elle nous quitte.

Sara est couchée sur l'assise du canapé. Ses jambes sont posées sur le dossier et elle fixe le plafond. De temps en temps, elle lance une bille de chocolat en l'air et tente de la récupérer directement dans sa bouche. Dans un coin de la pièce, un petit téléviseur est allumé mais le son est coupé. Sara lui avait dit une fois qu'elle préférait la télévision comme ça, sans le son. Cela lui permettait d'imaginer des histoires, d'inventer des dialogues et ainsi de s'améliorer en improvisation.

— T'étais où avant ? demande-t-il.

— Ailleurs.

— Tu te souviens de ce que tu disais sur le métier de prof ? Que tu ne pourrais jamais…

— J'ai changé d'avis, le coupe-t-elle. J'étais chercheuse en sociologie et j'en ai eu marre de chercher. Je faisais ça pour faire plaisir à ma mère je crois.

Elle se lève, déplace un carton derrière lequel se trouve un autre carton et attrape un poste de radio rectangulaire. Elle étire l'antenne, tourne une molette et une musique se fait entendre.

— Quand j'étais petite, il y avait un placard au-dessus de la cuisine dans lequel ma mère rangeait les sucreries. Ce placard avait un aimant si puissant que, lorsqu'on l'ouvrait ou la refermait, la porte ne pouvait que claquer bruyamment. Si je voulais me servir discrètement, il fallait donc qu'au moment où je tirais sur la porte, je tousse. C'était la même idée avec notre poste de télévision qui ne s'allumait qu'après plusieurs tentatives mais aussi avec tout un tas de choses. Je suis sûre que tu vois de quoi je parle. Même décrocher le téléphone faisait du bruit quand on avait 10 ans et puis plus tard, bien sûr, la connexion à Internet. Le bruit métallique de l'ADSL. C'était une enfance où il fallait beaucoup tousser.

Elle s'arrête un instant de parler, l'air d'être loin dans ses pensées.

— Aujourd'hui, le design est au service du silence. Bientôt, dans les romans, on ne pourra plus lire « Il claqua la portière de la voiture », car plus rien ne claque. Et le silence, moi, ça m'angoisse. Le silence, c'est ce qu'il se passe quand les cœurs s'arrêtent de battre.

38

1992-1993

Un jeudi matin, après avoir attendu plusieurs minutes un professeur qui n'était finalement jamais arrivé, Sara avait proposé à Stanislas d'aller au musée.

— J'aime bien les musées, dit-elle en franchissant les portes qui menaient au hall d'entrée. *A priori*, c'est froid. C'est impersonnel même. Les murs sont blancs, il y a des fils rouges au sol, des vitres transparentes devant les œuvres, des gardes au coin des salles. C'est le monde de l'interdit. Mais en fait c'est le monde des possibles. C'est des idées que des gens ont bien voulu sortir de leur tête. Les musées, c'est un lieu qui réunit tout ce que l'humanité a fait de plus beau depuis son existence. Enfin je ne sais pas, mais moi l'art, ça me bouleverse. Et puis de voir ces gens passionnés qui s'affairent à le préserver, ça me fait du bien. J'ai l'impression qu'il y a un autre monde. Un monde régi par d'autres lois, un monde un peu absurde, où rien n'est grave et où l'éternité existe… et ça me fait un peu oublier que des gens comme Vincent Cassagne existent.

Le bruit de leurs pas résonnait sur le parquet de la galerie pratiquement vide à cette heure de la journée.

— Parfois je bloque sur une œuvre comme s'il y avait un lien entre elle et moi. Comme si on se reconnaissait, sans savoir exactement où nous nous sommes vus la première fois.

Stanislas observait Sara. Ses traits fins, ses omoplates saillantes, son port de tête de danseuse. Dans une autre vie, elle avait peut-être été elle-même une statue dans un musée. Une œuvre qui affolait le marché de l'art, ou la muse d'un artiste. Il n'en savait rien mais il était sûr de n'avoir jamais rien vu d'aussi beau que Sara Guerel dans sa vie. Elle avait souri comme si elle avait deviné ses pensées puis avait chuchoté : « Arrête » avant de reprendre ses explications :

— Dans un musée, tu déambules entre les tableaux ou les sculptures et tu es dans l'incertitude que ça se produise. Tu pars à la recherche de cette émotion mais personne ne peut t'aider parce que ça ne concerne que toi. Parfois il ne se passe rien, alors je suis déçue mais ce n'est pas grave. C'est le jeu. Si ça marchait à tous les coups, il n'y aurait plus aucun intérêt. Et puis, j'ai des refuges. Dans chaque musée que j'ai visité, il y a cette œuvre qui me parle, mon œuvre, comme un point d'ancrage qui m'attend quelque part. Je sais exactement où elle se trouve et j'ai hâte de la retrouver. Mais je ne me précipite pas non plus. C'est un peu un moment sacré, alors je ne veux pas le gâcher.

Elle laissa passer quelques secondes comme si elle pesait le pour et le contre.

— Je vais te la faire découvrir.

Ils avaient alors parcouru ensemble les différentes salles. Leurs mains s'étaient effleurées devant les tableaux, ils s'étaient presque embrassés dans les angles morts des caméras de surveillance et puis ils étaient arrivés côte à côte devant l'œuvre que Sara avait tenu à lui montrer. À la minute où Stanislas s'était retrouvé devant la sculpture, il avait compris ce qu'elle voulait lui expliquer. Il ne connaissait rien à l'art mais il s'était senti happé par ces trois personnages. Il ne parvenait pas à détacher son regard de la sculpture en marbre. Au prix d'un certain effort, il avait lu le cartel situé au pied de l'œuvre : Louis Ernest Barrias. 1883. *Les Premières Funérailles.*

— Ça représente Adam et Ève qui portent le corps mort de leur fils Abel, dit Sara. À chaque fois je suis subjuguée par le travail des mains d'Adam, par cette force qui s'en dégage. Elles supportent le poids du corps d'Abel et, je sais pas comment expliquer, mais le contraste entre les mains crispées et ce corps tendre, sans vie… Je trouve incroyable cette sensation de chair, de muscle, de chaleur même, qui émane d'un matériau aussi froid que le marbre.

Elle fit une pause pendant quelques secondes sans cesser d'admirer la statue.

— Chaque fois que je la vois, j'ai envie de pleurer. Je ne sais pas si c'est de beauté ou de tristesse. Je ne sais pas si ce n'est rien de tout ça et si, en réalité, c'est tout à fait autre chose. Et tu vois, cette frontière des sentiments, je crois que c'est là que j'ai envie de vivre. Toute ma vie.

39

2015

Elle avait sonné chez lui sans prévenir, un simple : « C'est moi » et Stanislas savait parfaitement de qui il s'agissait, mais il avait demandé : « Moi, qui ? » pour l'agacer. Elle avait poussé un court soupir, puis : « Sara » et, dans la seconde, ajouté : « Bon, tu m'ouvres ? » Il n'y avait qu'elle pour sonner un samedi matin à 9 h 30 à l'improviste. Qu'elle pour dénicher une adresse qui ne lui avait pas été donnée. Il n'avait pas envie de lui ouvrir, pas envie de la voir là, chez lui, intrusive comme il lui arrivait de l'être. Mais que pouvait-il faire ? Alors il avait ouvert.

Elle avait les bras chargés de viennoiseries.

— Je ne savais pas trop ce que tu aimais alors j'ai tout pris.

Le sachet s'était renversé sur la table : croissants, pains au chocolat, brioches, chouquettes.

— J'ai même pris un pain aux raisins car je travaille mon ouverture d'esprit, avait-elle ajouté en attrapant une assiette dans un placard.

— Ah et tiens, je t'ai apporté ça aussi, dit-elle en sortant de son sac un cadeau empaqueté dans du papier de Noël. Je ne sais pas trop faire les emballages… Mais c'est mon livre préféré.

Elle croque dans une chouquette et des grains de sucre s'éparpillent partout autour d'elle.

— Il y a une phrase que j'aime beaucoup. Tu verras, je l'ai soulignée.

Stanislas déballe le livre et le feuillette.

— Page 20, précise-t-elle.

Il se met alors à lire à voix haute et Sara récite le texte en même temps que lui : « Yvan est un garçon tolérant, ce qui en matière de relations humaines est le pire défaut. Yvan est tolérant parce qu'il s'en fout. »

— *Art* de Yasmina Reza. C'est une pièce que j'ai jouée. Un trio de filles pour remplacer la structure du texte initial. C'était il y a longtemps.

Elle se lève, se dirige vers sa bibliothèque, passe son doigt sur la tranche des livres. Avant qu'elle ne dise quoi que ce soit, Stanislas l'informe qu'il n'a ni la Bible, ni Kafka, et que par conséquent elle ne risque rien. Sara lui sourit. Elle continue de regarder aux quatre coins de la pièce, se saisit d'un cadre : « Ta mère n'a pas beaucoup changé », dit-elle en le reposant sur l'étagère. Si elle le pouvait, elle ouvrirait les placards, renverserait les tiroirs sur le parquet et fouillerait dans toutes ses affaires. Mais elle se retient, bien sûr. Elle s'avance vers la fenêtre, jette un œil à travers la vitre.

— Ah tes voisins ont un fil à linge sous leur fenêtre. J'adore regarder le linge étendu. Il y a un truc de l'enfance, je crois, dans les vêtements qui flottent aux vents.

Elle réfléchit avant de reprendre :

— Parfois je me demande si l'enfance n'est pas une scène. Et l'âge adulte, seulement les gradins.

Elle croque dans une nouvelle viennoiserie, sans quitter son poste d'observation. Stanislas ne dit rien mais il pense que Sara n'a jamais quitté la scène et que, lui, n'est pas sûr d'avoir été ailleurs que dans des gradins.

— Tu sais ce qui serait super ? reprend-elle.

— Non.

— Qu'on aille en Italie. Dans le Sud, à Naples, par exemple. Admirer le linge étendu aux fenêtres.

— Si ce n'est que ça, je connais une très bonne laverie…

— T'es bête.

— La dernière fois que tu as voulu que l'on aille quelque part, reprend-il, tu m'as annoncé que tu partais.

Elle se tourne vers lui et pose sa moitié de croissant sur le meuble à côté d'elle.

— T'as raison. Allons plutôt prendre un café.

Sara retire son manteau et avant même de s'asseoir elle lui pose cette question :

— Tu connais Herman Melville ?

— Pas personnellement.

— Très drôle. C'est un auteur américain. Il a écrit *Bartleby*. On l'a étudié en seconde.

— Et tu t'en souviens ?

— Bien sûr. C'est l'histoire d'un homme qui s'arrête.

— Comment ça ?

— Bartleby se met à répondre : « *I would prefer not to* » d'abord à son patron puis à tout le monde et à tout ce qu'on lui demande. Il entre alors dans une sorte de résistance passive. Ce n'est pas qu'il dit non, c'est qu'il ne dit pas oui. Il se présente dans le monde et s'en absente. Il est là, il répond, mais il n'est pas là.

— Et alors ?

— Et alors ça m'a fait penser à toi, dit-elle en souriant.

— Merci, c'est sympa.

Sara ne prend pas la peine de répondre, elle fouille dans son sac et sort un bout de papier qu'elle dépose sur la table.

— Qu'est-ce que c'est ? demande Stanislas en comprenant qu'il s'agit d'un avis de passage.

Son nom figure dessus, mais l'adresse, elle, n'est pas la sienne. Il comprend aussitôt.

— Attends… comment tu as récupéré ce truc ?

— Le facteur l'avait glissé sous sa porte.

Stanislas est médusé. Elle soupire.

— La fois où on est allés chez lui, j'ai pris le double des clés.

— Mais Sara, t'es folle !

— Personne ne pense au double des clés !

— Mais…

— Tu n'as pas envie de savoir qui il était ? le coupe-t-elle.

— Si bien sûr, enfin, bien sûr… pourquoi pas. Mais on enfreint combien de lois en faisant ça ?

— Pour l'instant une seule. Article 226-4 sur la violation du domicile.

— Pour l'instant ?

— Avec l'usurpation d'identité, ça fera deux. Et puis trois avec le vol. Article 311.

— L'usurpation d'identité et le v… Ah non. Non non non. Hors de question. Je n'irai pas récupérer ce colis.

— Allez !

— Mais si ce sujet t'intéresse tant, change de nom Sara ! Prends-le, ce putain de patronyme.

— Oulala non, l'espérance de vie est bien trop faible !

Il la foudroie du regard. Elle plonge doucement ses lèvres dans sa tasse de thé.

— Tu sais ce que je pense ?

— Ça ne m'intéresse pas de le savoir.

— Tu crois que respecter tes parents, ton frère décédé, c'est faire en sorte de ne pas mourir. Mais en réalité, les respecter ça serait de vivre.

— Tu me fais chier, Sara. Toi, Melville, ton Code pénal et ton doctorat en psychologie à deux balles.

— Marx disait que dans chaque vieux, il y a un jeune qui se demande ce qui s'est passé. L'avantage c'est que toi, tu l'auras ta réponse.

Elle patiente quelques secondes avant de poursuivre.

— Rien, il ne se sera rien passé.

Stanislas sent un truc exploser dans sa poitrine. Une colère ou une boule de feu, il n'est pas sûr de savoir faire la différence. Il pourrait retourner la table et balancer les verres contre le mur. L'enfant calme, celui qu'il tente de garder calme, celui qui ne fait pas de bruit, pas de vagues depuis qu'il est né vient de foutre le camp. Il observe Sara et, sans un mot, s'en va.

Dans la rue, son téléphone vibre dans la poche intérieure de sa veste. Sur l'écran, le message d'un numéro qu'il ne connaît pas : « J'ai encore un dîner qui sent le piège samedi prochain. Tu veux être mon alibi ? Ingrid. »

Le message est assez direct mais ça lui est égal. Il ne prend pas la peine de réfléchir, il répond oui et il l'envoie.

40

Ingrid lui a donné rendez-vous dans un restaurant en centre-ville dans lequel il n'est jamais allé, La Table bleue. L'endroit est plutôt chic, et au moment où il pousse la porte d'entrée, il regrette de ne pas avoir fait plus d'effort sur sa tenue. La personne à l'accueil lui demande à quel nom est la réservation et il se rend compte qu'il n'en a pas la moindre idée. Il ne sait rien de cette fille. Devant son silence, la serveuse sourit.

— Madame m'a prévenue que vous ne sauriez sans doute pas répondre à cette question. Suivez-moi. Elle vous attend.

Stanislas avance jusqu'à une table située dans un coin de la pièce. En le voyant arriver, Ingrid se lève. Elle porte une veste rouge sur une élégante robe noire. Elle lui glisse qu'elle est contente de le revoir, c'est de la politesse, une phrase toute faite pour combler le silence mais Stanislas répond que lui aussi.

Elle vient parfois ici, le chef est un ami de sa famille. Un homme qui a tout donné pour la cuisine et qui a tout perdu au passage. Sa femme, ses enfants et puis l'étoile Michelin que tous ces sacrifices lui avaient permis d'obtenir.

— Sa cuisine reste excellente. On essaiera de le croiser avant de partir, tu verras. C'est un drôle de personnage.

Une serveuse arrive, leur tend un menu qui porte la date du jour et se met à leur expliquer chaque ligne en détail.

— Mais avant cela, désirez-vous un apéritif ? demande-t-elle.

Ingrid acquiesce et commande un verre de vin blanc de Loire qu'elle semble connaître et Stanislas dit : « La même chose » tout en ne sachant pas exactement de quelle chose il s'agit.

Ce n'est pas la première fois qu'il se retrouve en face d'une femme qu'il connaît à peine. Enfant déjà, sa mère l'emmenait partout avec elle et il n'était pas rare qu'il se retrouve au milieu d'un groupe de trentenaires à écouter des conversations qui ne l'intéressaient pas. Il songe alors qu'il buvait le thé avec des femmes plus jeunes que celle qui se trouve en face de lui aujourd'hui et cette pensée est un vertige qu'il aime parfois s'infliger.

Par la suite, il a rencontré beaucoup de femmes et bu un peu moins de thé. Dans un groupe, il n'était pas celui que l'on remarquait en premier mais celui que l'on percevait ensuite. Il avait fini par comprendre qu'il plaisait et c'est une chose qui l'étonnait toujours.

— J'ai eu un fils très jeune, dit-elle. Il est grand aujourd'hui. Il a vingt ans. Le temps passe et il se mesure en âge d'enfant.

Stanislas se dit qu'il a vécu l'équivalent de quatre enfances mais que pour rien au monde il ne revivrait quatre fois la sienne.

— Je voulais qu'il soit musicien. J'ai tout fait pour, précise-t-elle en riant. J'ai commencé par l'appeler Rémi, déjà. Et puis je lui ai rapidement offert son premier instrument. Un jour, je suis rentrée du travail avec un violon. J'avais en tête que chaque personne avait un rapport physique à l'objet. Et la forme de ses joues, celle de son menton, la longueur de ses bras… j'avais en tête que ça fonctionnerait. Mais non. Alors j'ai tenté la flûte. Je n'y avais pas pensé tout de suite parce qu'il était plutôt grand pour son âge et je pensais que cet instrument paraîtrait ridicule s'il continuait sa croissance de cette manière. Mais il était un adolescent longiligne alors je me suis dit pourquoi pas. Ça n'a pas fonctionné non plus. J'ai continué avec l'accordéon, la guitare et le piano. Quand il était encore petit, il mettait de la bonne volonté. Adolescent, juste de la volonté… Pour ses 18 ans, j'ai acheté un harmonica, c'était un peu mon dernier espoir. Au dernier moment, je l'ai laissé sur un banc. Je ne le lui ai pas donné. À la fin, les enfants font toujours ce qu'ils veulent.

Ingrid avait une voix à la fois grave et éraillée. Au milieu d'une phrase, parfois même au milieu d'un mot, sa voix pouvait se casser et Stanislas éprouvait une émotion particulière à imaginer qu'un mot pourrait aléatoirement être sacrifié, se briser et voler en mille morceaux. Il y avait quelque chose de rassurant qui se dégageait de cette fille. Non, pas de rassurant. De confortable. Et il aimait bien ça. Il l'écoutait parler encore et il se sentait bercé par ses paroles. C'était reposant, cette conversation sans frasque, sans surprise. Ingrid l'avait scruté et puis elle avait dit :

— Tu sais, je crois que le plus important dans la vie, c'est d'être tolérant.

Et Stanislas se détestait de penser aussitôt à Sara.

Ingrid lui a proposé d'aller dans un Comedy Club à quelques rues du restaurant qu'ils viennent de quitter. La salle se trouve au sous-sol d'un bar lugubre dans lequel pas une seule table n'est occupée. Un néon en forme de flèche indique un escalier dans le fond de la pièce principale. Il faut se baisser pour ne pas se cogner au plafond et il n'est pas possible de se croiser, mais dès les premières marches on entend des rires s'élever de ce qui s'apparente à une cave. La salle du bas est si différente de l'atmosphère qui se dégage de celle du haut qu'il est difficile de croire que ce n'est qu'un seul et même lieu. Les lumières chaudes, les rangées de chaises dépareillées, le rideau en velours bleu turquoise, la scène en bois, les affiches d'inconnus qui tentent par tous les moyens d'attirer l'attention. Un homme est derrière le micro. Il porte un bonnet rouge, une moustache fine comme un trait, des lunettes rondes et un tee-shirt avec la tête d'un lapin nain dessus. Il reste deux places côte à côte sur la droite et Ingrid et Stanislas s'y installent le plus discrètement possible. Mais l'humoriste ne peut pas laisser passer une telle occasion.

— Ah ! Bon ben faut que je recommence depuis le début. (Rires.) Donc je disais, je suis né le 7 février 1987 à Bèze… Non, je plaisante, ça vaaaaa… on n'était pas remonté aussi loin. En revanche, je suis vraiment né à Bèze. Et ma meuf ! Ma meuf – véridique – elle a grandi à Vatan. (Rires.) Là-bas, sous le panneau du nom de la ville, il y a marqué « village étape » au cas où les gens, ils auraient pas compris le message. Je vous raconte pas le délire. « Mesdames, messieurs, vous ne pouvez vrrrrrraiment pas rester là. » C'est pas une ville, c'est une propriété privée. Une fois, une meuf, elle a voulu ouvrir une boutique de souvenirs, ben ils l'ont foutue dehors direct. (Rires.) En 2011, il y a même eu un référendum pour renommer la ville. Sauf que c'est les votes nuls qui ont gagné. 2 048 habitants. 1 457 « Cassaivou. » (Pause.) C'était pas du tout ça mon sketch à la base. (Rires.) Bon les gars, bordel, vous foutiez quoi ? Qu'est-ce qui vous est arrivé ? Attendez, laissez-moi deviner. Je suis super doué pour ce genre de jeu.

— Oh non, je déteste ça, murmure Ingrid.

— Vous n'êtes pas de la même famille… annonce-t-il en faisant un clin d'œil.

Stanislas secoue la tête négativement.

— Non, plus sérieusement, ça fait longtemps que vous êtes ensemble ?

Aucun des deux ne réagit. Stanislas sent la gêne d'Ingrid monter.

— Aaaah, intéressant ! Ils ne sont pas ensemble ! Enfin… pas encore. Ben ? Vous attendez quoi ?

— On ne se connaît pas depuis très longtemps, répond Ingrid pour tenter de mettre fin à l'échange.

— Je vois. Et alors, vous vous êtes rencontrés comment ?

— À un dîner.

— OK… (Pause.) Ça devait être sympa la conversation.

Lorsque le public se met à rire, Ingrid se lève brusquement et quitte la salle.

— Oh ben non alors, faut pas le prendre comme ça. On n'est pas à Vatan ici… Ouais, OK, d'accord, j'avoue, elle est pas terrible celle-là.

Stanislas retrouve Ingrid à l'extérieur.

— Je suis désolée, dit-elle, c'était extrêmement gênant comme situation. Je ne sais pas pourquoi j'ai voulu venir là. Ce n'est pas du tout moi.

— Avec les scènes libres, on ne sait jamais sur qui on va tomber. Faire rire son public aux dépens de l'un des spectateurs, j'ai toujours trouvé que ce n'était pas très élégant.

Un grand mur devant eux est recouvert d'affiches publicitaires : un festival de musique, une soirée électro au Chat Noir, les nocturnes du musée des Beaux-Arts, un spectacle de flamenco au Carly.

— Je ferais peut-être mieux de rentrer… annonce Ingrid.

Stanislas

Stanislas la raccompagne jusqu'à son hôtel. Au moment de se séparer, les secondes s'étirent et ce flottement le met mal à l'aise. Alors Ingrid s'avance vers lui, dépose un baiser sur sa joue et, sans qu'il ait le temps de faire quoi que ce soit, elle disparaît.

41

Un message s'affiche sur l'écran du téléphone de Stanislas. C'est Sara : « Excuse-moi pour l'autre jour. Je voulais juste te provoquer... C'était nul de ma part et je ne pensais pas ce que je disais. Et puis Marx n'a pas déclaré que des choses intelligentes... »

Trois points de suspension apparaissent dans la conversation avant de disparaître et de réapparaître à nouveau. Sara écrit, efface, écrit, réefface son message. Au bout d'un temps interminable, un message arrive : « ... je crois. »

Stanislas range aussitôt son téléphone dans sa poche, sans prendre la peine de lui répondre. Mais déjà, un troisième message le fait vibrer : « On peut se voir ? » suivi d'un point de géolocalisation en centre-ville, juste derrière la gare.

Une seconde plus tard, un quatrième message : « Rendez-vous ici à 18 heures » ; aussitôt suivi d'un : « S'il te plaît. »

Il pousse un long soupir, consulte son emploi du temps et, il ne sait pas par quelle force mystique, passe un coup de téléphone pour déplacer au lendemain son dernier rendez-vous de la journée.

Il marche les yeux rivés sur son écran, jusqu'à ce que la flèche bleue qui le matérialise sur la carte arrive au niveau du point rouge. Son téléphone lui annonce qu'il est à destination et Stanislas jette un œil autour de lui sans comprendre. Un salon de thé, une boulangerie, une épicerie et puis, soudain, Sara qui surgit d'une boutique avec une perruque de cheveux bouclés bleus sur la tête.

— Salut !

— Qu'est-ce que…

— C'est une boutique de déguisements, intervient Sara.

Elle glisse un sifflet serpentin entre ses lèvres et s'apprête à souffler dedans avant de finalement changer d'avis.

— Je ne vais pas faire ça.

— Qu'est-ce qu'on fiche là ?

— C'est un point de dépôt pour les colis.

Il faut une demi-seconde à Stanislas pour percuter.

— Ah non. Non non non.

— Allez… on ne fait rien de mal.

— Si, justement.

— Tu ne te demandes pas ce qu'est la dernière chose que ce gars a commandée ?

— Ce n'est pas à nous de le découvrir. Cet homme avait une famille, des gens qui l'aimaient. Si je mourais, je n'aurais pas envie que des inconnus viennent mettre leur nez dans mes affaires et encore moins dans mon courrier.

— Ah oui ? Moi si, justement. Je suis pétrifiée à l'idée de ce que pourraient découvrir mes proches, mais pas les gens que je ne connais pas.

— Ah ! parce que tu as des choses à cacher ?

Elle hausse les épaules.

— On a tous des choses à cacher.

Stanislas réfléchit.

— Pas moi.

Sara fait une moue sceptique.

— D'accord. Bon, on y va ? Choisis un chiffre entre 0 et 10.

— T'as pas le droit de faire ça.

— Alors ?

La boutique ne fait que quelques mètres carrés et ressemble à une grotte dans laquelle un cirque aurait décidé de tout entasser. Au milieu de ce bazar, se trouve un homme si imposant que si on le rencontrait dans la rue, on peinerait à croire qu'il puisse tenir dans cette boutique.

— Vous avez de la chance. Quand vous m'avez appelé pour me demander de le mettre de côté quelques jours de plus, j'étais sur le point de le renvoyer. D'habitude je ne fais pas ce genre de choses. La date limite, c'est la date limite. Je ne veux pas que les gens commencent à penser qu'ils peuvent tout se permettre. Même si pour ça, à mon avis, c'est déjà trop tard…

Sara dépose l'avis de passage sur le comptoir puis donne un léger coup de coude à Stanislas qui sort sa carte d'identité. L'homme vérifie le nom et le prénom puis il disparaît derrière un rideau de perles multicolores que ni Sara, ni Stanislas n'avaient encore remarqué. Il revient quelques minutes plus tard avec un colis de la taille d'une boîte à chaussures.

— Voilà, dit-il en tendant le paquet.

Sara ne bouge pas. Elle reste droite face à cet homme aux bras tendus, qui se demande ce qui se passe et sans doute ne le sait-elle pas non plus. Ce qui se passe en réalité, c'est une seconde de remords vis-à-vis de cette intrusion dans la vie d'un défunt, seconde à laquelle Stanislas met fin en saisissant le paquet et en attrapant Sara par le bras pour se diriger vers la sortie.

Il se sont installés dans un café à quelques rues de là. C'est Sara qui a ouvert le colis. Elle a défait le papier de soie et saisi le tissu en velours qui se trouvait à l'intérieur. Du bout des doigts, elle l'a déplié à hauteur des yeux avant de le laisser tomber dans un mouvement brusque, comme si elle venait de se brûler. Un pyjama de bébé avec des rayures blanches et grises formait un petit tas au milieu de la table.

— J'ai cru… j'ai… j'ai eu peur, dit-elle pour se justifier.

Stanislas ne commente pas, il tire la boîte jusqu'à lui et étire légèrement son cou pour scruter l'intérieur. Il découvre alors une carte avec quelques mots écrits qu'il se met à lire à haute voix.

« Stan,

J'ai pris du six mois.

Ça te laisse un peu de temps pour voir à côté de quoi tu passes…

Émilie »

Stanislas cherche au fond de la boîte pour voir s'il n'y a pas autre chose, n'importe quoi, un mot, un indice. Mais non. Il n'y a rien d'autre. Elle est vide. Il lève les yeux vers Sara. Son visage est blême et ses lèvres tremblent légèrement.

— Tu sais ce que ça signifie ? demande-t-il, perplexe.

— À la cérémonie, dans l'église. Lorsqu'il a été question de la compagne de ton homonyme lors du discours de sa sœur et qu'elle a évoqué ce petit garçon sur le point de naître… Tu te souviens ?

— Oui.

— Il y avait un couple assis devant moi. Et l'un d'eux a glissé à l'autre que de toute façon, il n'en voulait pas de cet enfant.

— Ah ouais… C'est… c'est terrible.

Sara, qui habituellement n'arrête jamais de parler, ne parle plus. Elle marche en silence au côté de Stanislas mais elle paraît si absorbée qu'il se demande si elle est vraiment là. Si c'est bien elle à sa droite ou si c'est une personne qui aurait surgi d'une boutique pour se mettre à marcher à la même cadence que lui. Quand ils arrivent sur la place du théâtre, pourtant, au croisement de la rue Vaillant et de la rue Lamonnoye, Sara se tourne vers lui :

— Ma mère disait toujours : « Les choses graves doivent être dites en dernier. » Mais je ne sais pas si c'est vrai. Je ne sais pas si les choses graves doivent être dites en dernier ou si c'est parce qu'elles sont graves qu'elles deviennent les dernières choses que l'on dit.

Et puis, après un court silence, elle ajoute :

— Les histoires s'arrêtent souvent comme ça.

42

Parfois, Stanislas a l'impression qu'à l'intérieur de lui une porte grince. Tout est fermé depuis trop longtemps. La joie et les peines. Il remarque que la première est au singulier et les secondes au pluriel. Il en tire des conclusions, évidemment.

Quand il était enfant, il guettait la bonne humeur de sa mère. Il avait peur qu'elle soit triste au moins autant qu'elle meure. Il y avait des périodes où tout ne tournait plus qu'autour de ça. L'humeur de sa mère devenait la météo de sa vie. Un jour, à la fin d'un repas, il avait même entendu sa tante glisser à Cynthia : « Tu as fait un enfant au soleil, triste à l'idée qu'il pleuve. » Et c'était assez vrai.

Il avait toujours pensé que la rencontre de sa mère avec son père avait été une anomalie dont sa naissance avait été la conséquence. Ils n'avaient rien à faire ensemble, autant elle que lui, mais il avait constaté que, même dans la réciprocité, il y en avait toujours un qui avait plus de choses à perdre.

Plus jeune, sa mère s'habillait et se maquillait tous les jours comme si elle allait sortir pour une occasion particulière. Mais elle ne sortait pas. Elle attendait qu'on la remarque, que quelque chose se passe. Et malgré toutes ses tentatives, cela n'arrivait pas. Le regard de son mari passait sur elle à la vitesse d'un train. S'il avait eu un peu de courage, sans doute Stanislas lui aurait-il suggéré de partir. D'aller vivre sa vie ailleurs, là où le silence n'a rien à voir avec l'indifférence. Mais il n'avait rien dit.

Il arrive chez ses parents et, pour la première fois de sa vie, il se demande ce qu'il fiche là. Son père est assis dans son fauteuil en train de faire l'un de ses canevas. Un rouge-gorge sur une branche de cerisier avec un fond bleu. C'est une mise en abyme : même le motif est chiant. Sa mère a allumé la radio et elle est heureuse parce que c'est une chanson triste. Les chansons des années 1980 le sont toutes, elles parlent d'une jeunesse qui ne reviendra plus.

Il croise le regard de son père une fraction de seconde et il se dit que ce n'est pas un père, c'est une prémonition. C'est ce qui l'attend, lui et sa vie de certitudes.

Pour chasser cette pensée, il décide d'aller faire un tour dans sa chambre. La dernière fois qu'il est venu ici, il a trouvé la photo de Sara, et quelques jours plus tard elle lui écrivait un message. Il a l'impression qu'il s'est passé un milliard de choses depuis. Qu'il n'est plus tout à fait la même personne. L'effet Sara, pense-t-il en souriant. C'est déjà ce qu'il avait ressenti pendant son adolescence.

Il passe son index sur le bureau et remarque qu'une épaisse pellicule de poussière le recouvre entièrement. Personne ne vient plus ici depuis longtemps mais il est reconnaissant que sa chambre ne se soit pas transformée en musée des horreurs. Au rythme où va son père, il n'y aura bientôt plus de place dans son bureau.

Il joue avec la manette de sa chaise, fait descendre et remonter l'assise, tente de faire le plus de tours sur lui-même. Il se souvient que son record était de dix-sept mais que ce jour-là, en essayant de se redresser, il s'était écroulé par terre avec une sensation vaseuse. Sa lèvre avait même heurté l'énorme pied en bois de son bureau. Celui qui se trouve derrière lui. En tournant la tête justement, son regard se pose sur un bout de papier coincé sous le pied en question. Il se baisse pour le ramasser et découvre qu'autre chose se trouve plus loin derrière, sous le bureau. Il tend le bras et attrape une enveloppe, une enveloppe fermée sur laquelle est inscrit son nom, son prénom et son adresse. Un timbre avec le profil de la reine Élisabeth II est affranchi à la date du 3 septembre 1993. Il la retourne et découvre au dos, le nom de l'expéditeur même si, à ce stade, il n'avait plus vraiment de doutes.

Il avait attendu cette lettre si longtemps.

43

1992-1993

Ils étaient allongés dans l'herbe dans la cour de leur lycée, la tête posée sur leur sac à dos. Le soleil de mai chauffait leur visage, le prochain cours était dans une heure, ils pourraient presque s'assoupir.

— Tu sais ce que j'ai toujours rêvé de faire ? demanda Sara

— Non.

Son visage s'était illuminé.

— Conduire un autobus !

Stanislas avait eu du mal à contenir son rire.

— Un bus ? répéta-t-il.

— Oui !

— C'est un rendez-vous raté avec la conseillère d'orientation.

— T'es snob, dis donc.

— Je ne suis pas snob. Mais plutôt mourir que de faire, à quelque chose près, le même métier que mon père.

— Tu serais quand même beaucoup plus efficace que lui, avec cinquante passagers par trajet au lieu d'un ou deux.

Il ne releva pas. Sara reprit.

— Ma grand-mère n'avait pas le permis et ma mère ne l'a eu que lorsqu'elle a pu se le payer, à presque 30 ans. On ne voit pas beaucoup de femmes conduire des bus. Il y a quelque chose de l'ordre de l'émancipation. La mère de Mélodie ne conduit jamais parce que son mari affirme qu'elle ne sait pas le faire. Je pense qu'à force de l'entendre elle a fini par le croire. Je l'ai vue agir, tu sais. Plus besoin de dire quoi que ce soit, elle va toute seule à la portière de droite, l'ouvre et s'installe sur le siège passager. On dirait un animal dressé. Vous les garçons, vous pouvez tout imaginer, même aller sur la Lune. Vous avez des modèles, des autorisations. Nous, on n'a rien. On a des contes de fées horribles, des injonctions dégueulasses et tout un tas de stéréotypes qui me donnent envie de vomir. Le pire, c'est que personne ne s'en rend compte. On est tous là, dès la naissance, à offrir des pyjamas roses aux filles et bleus aux garçons. Personne ne se dit que ce ne sont pas nos propres choix, personne ne semble s'apercevoir que, dans la société, le libre arbitre n'existe pas. Depuis que je suis toute petite, on dit de moi que je suis un garçon manqué. T'imagines la violence de ces deux mots ? Et le pire, tu veux que je te dise, c'est que pendant longtemps j'en étais fière. J'étais fière de tout ce qui me désolidarisait des filles parce qu'on passe notre temps à nous dire que les filles, c'est nul. Mais c'est fini tout ça. J'ai les meilleures notes de la classe et il faudrait que je vous regarde aller sur la Lune ? T'as déjà pensé au fait que depuis la sixième, il n'y a que des filles déléguées de classe, mais qu'on n'a toujours pas eu une seule présidente de la République ? Qu'est-ce que ça veut dire ? Tu m'expliques ? À quel moment on s'arrête ? À quel moment on se saborde ? Je rêve de conduire un bus parce que c'est grand, que ça prend de la place et que personne n'attend de moi que je le fasse.

44

Des mois plus tôt, Stanislas avait demandé à sa mère s'il pouvait l'aider au salon après les cours. Il avait précisé « travailler » en essayant d'éviter son regard. Ce qu'il voulait, c'était un peu d'argent de poche. Se sentir plus libre aussi. Il ne voulait plus avoir à expliquer en permanence pourquoi il avait besoin de cinquante francs. Cynthia avait éprouvé de la fierté que son fils se responsabilise sans qu'elle ait rien eu à lui demander, mais elle s'était aussi sentie vieillir. Stanislas prenait son indépendance et une autre part de son enfance lui échappait. Elle avait gardé ses pensées pour elle et s'était contentée d'accepter.

Cela faisait longtemps qu'elle voulait mettre de l'ordre dans la réserve. Il pourrait commencer par ça, ces tas de boîtes de coloration à ranger par nuance. Il suffisait de suivre les numéros, de les noter dans un cahier et de relever les références qui étaient sur le point de manquer. Ensuite, elle lui trouverait autre chose. Ce n'était pas le travail qui manquait dans un salon de coiffure, lui avait-elle dit. Et effectivement, il n'avait pas arrêté. Grâce à ses heures au salon, à des économies qu'il avait déjà de ses anniversaires et à la vente de ses bandes dessinées qu'il ne lisait plus depuis longtemps, il avait réussi à obtenir la somme qu'il lui fallait. De quoi payer deux billets de train et deux lits dans une auberge de jeunesse. Tenir sa promesse d'emmener Sara voir la mer.

Il lui avait dit : « Demain matin, je viens te chercher. On sèche l'histoire-géo, l'allemand et le sport. » C'était aussi simple que cela. Même lui avait du mal à y croire. Il se souvient de ce sentiment d'invincibilité qu'il avait ressenti en prononçant ces phrases et de la liberté infinie de se rendre compte qu'en réalité tout était possible. Il avait suffi d'attendre le bon moment. Sa mère était en formation à Lyon et son père… son père ne remarquerait même pas son absence. Ils avaient pris le premier train, celui qui part de la gare de Dijon un peu avant 6 heures et qui glisse le long du Rhône jusqu'à Marseille. À leur arrivée, la journée ne faisait que commencer. Ils avaient marché pendant une heure de la gare Saint-Charles pour atteindre l'anse de Maldormé. Là, un escalier dissimulé dans la roche menait à la plage de galets. Le soleil se reflétait sur l'eau turquoise et Sara avait fermé les yeux. Elle avait pris une grande inspiration et Stanislas avait pensé qu'elle était une fille au bord de la mer et que ce qu'il observait, c'était une sorte de mise en abyme.

Ils n'avaient pas bougé de la journée. Juste le temps d'aller acheter un sandwich qu'ils avaient mangé sur la plage, face à la mer. Sara n'avait pas pu défaire son regard de l'horizon. Au moment où le jour avait commencé à décliner, elle avait dit : « Comment on fait pour vivre ailleurs une fois qu'on a vu ça ? » et Stanislas avait songé qu'il aurait pu utiliser exactement les mêmes mots pour parler d'elle. Mais alors qu'il avait tourné la tête vers elle, il décela une ombre au fond de ses yeux. Elle se racla la gorge et il sut qu'elle était sur le point de lui annoncer quelque chose qui allait tout gâcher.

— J'ai trouvé un programme qui me permet de passer le A-level, l'équivalent du baccalauréat en Angleterre.

Elle serait logée par une famille qui lui payerait également les frais de scolarité. En échange, elle devait participer à la vie du foyer, ce qui consistait principalement à s'occuper des enfants. Les inscriptions étaient closes, mais en appelant la semaine dernière, elle avait appris qu'un désistement lui offrait la possibilité de postuler en dernière minute. Elle avait aussitôt envoyé son dossier scolaire, une lettre de motivation et une recommandation de Mme Pierce, la prof d'anglais. Trois jours plus tôt, elle avait reçu un coup de téléphone lui annonçant que la place était pour elle. La rentrée était en septembre.

Stanislas se souvient d'avoir ressenti une tristesse infinie mais il avait simplement répondu « Ah c'est génial. Félicitations ! » avant de prendre Sara dans ses bras.

— Ce n'est même pas un an. Tu pourras venir, lui glissa-t-elle au creux de l'oreille.

Il imagina alors la tête de sa mère quand il lui annoncerait qu'il partait rejoindre Sara pour les vacances dans un pays qui n'avait même pas de frontières physiques avec la France et il ne relâcha pas son étreinte.

Il ne pouvait s'empêcher de penser à leur discussion, celle qu'ils avaient eu deux semaines plus tôt au sujet de l'autobus et de se demander si une réaction différente de sa part aurait changé le cours des choses. Car il en était certain : l'Angleterre était un premier pas vers la Lune.

Elle s'était écartée de lui et, dans un sourire aux accords tristes, elle avait ajouté : « Je t'écrirai. »

Mais elle ne l'avait jamais fait.

45

2015

Stanislas n'a toujours pas ouvert l'enveloppe. Il descend l'escalier qui mène au salon et fait glisser la lettre sous les yeux de sa mère qui prépare le repas dans la cuisine.

— J'ai trouvé ça dans ma chambre. Sous le bureau. Ça te dit quelque chose ?

Cynthia essuie ses mains sur son tablier, attrape l'enveloppe et prend le temps d'observer de quoi il s'agit.

— Tu m'en poses des questions ! C'était il y a plus de vingt ans, comment veux-tu que je m'en souvienne ?

— Cette lettre, c'était sans doute la chose la plus importante de mon adolescence. Et je ne l'ai jamais eue.

Sa mère fronce les sourcils.

— Attends, qu'est-ce que tu insinues ? Tu crois que je l'ai dissimulée, c'est ça ?

— À toi de me le dire.

— Ne mélange pas tout, Stanislas. S'inquiéter pour ses enfants, c'est le fardeau de toutes les mères.

Il y a le poids de mon histoire, c'est vrai. Mais jamais de la vie je ne t'ai empêché de faire quoi que ce soit. Tu m'entends ? Jamais. Ton courrier, je te l'ai toujours déposé sur ton bureau. Timbre anglais ou pas. Et puis, excuse-moi, si j'avais voulu te cacher cette lettre, je l'aurais jetée à la poubelle, c'est tout. Ne me fais pas passer pour une femme compliquée, je déteste ça, dit-elle en levant son index.

Stanislas se sent tout à coup stupide. Il aimerait que la conversation s'arrête mais sa mère continue.

— Quand tu rentrais du lycée, tu balançais toujours tes affaires n'importe où. Si ça se trouve, c'est toi qui l'as fait tomber par terre cette lettre, sans même t'en rendre compte. Tu t'es empêché tout seul, c'est tout. Et d'ailleurs, tu devrais réfléchir à cette phrase.

Elle sort un plat du four avant de reprendre.

— J'imagine que tu ne t'en souviens pas, mais nous sommes allés voir un paquet de psy ensemble. Pour que tu aies ta propre histoire. Que tu ne sois pas l'enfant de remplacement, comme ils disent. Et Dieu sait que c'était un certain sacrifice qu'on a fait, ton père et moi. Et qu'à l'époque c'était pas si fréquent de faire une psychanalyse. Alors oui, j'ai dit et j'ai fait des choses maladroites, je veux bien l'admettre. La culpabilité, c'est la seconde nature des mères. Mais tu sais je t'observe, je te regarde faire. Parfois je me dis que ce drame, tu y tiens. Parce que justifier ses échecs, c'est plus facile quand on a une bonne excuse.

46

1992-1993

Le jour de son départ pour l'Angleterre, Sara était passée voir Stanislas chez lui. Elle n'avait pas voulu qu'il l'accompagne jusqu'à l'aéroport, elle préférait éviter une scène d'adieu ridicule qui l'aurait mise mal à l'aise.

— En plus je ne pleure jamais, c'est décevant pour tout le monde, lui avait-elle dit.

Ils avaient marché quelques mètres jusqu'au banc d'un abribus. Sara lui avait alors demandé de choisir un chiffre entre 0 et 10 et, pour la première fois depuis qu'ils se connaissaient, Stanislas n'avait pas pu répondre. À cause de cette boule bloquée au fond de sa gorge mais aussi parce qu'il savait ce qu'elle allait lui demander et qu'il serait incapable de le lui promettre. Il n'irait pas la voir en Angleterre. Ça ne servait à rien de prétendre le contraire. Il pouvait disparaître pendant deux jours pour aller voir la mer à Marseille. Mais aller dans l'une des plus grandes villes d'Europe, dans un pays où il ne maîtrisait même pas la langue, ce n'était pas la peine d'y penser.

Il aurait fallu, pour convaincre sa mère, un aplomb qu'il n'était pas sûr d'avoir.

Sara l'avait dévisagé plusieurs secondes. Et dans un mouvement de la main elle avait dit qu'il fallait qu'elle y aille, qu'elle allait rater son avion. Elle avait fait plusieurs pas avant de se retourner, l'avait fixé comme si elle hésitait à dire quelque chose, mais peut-être n'hésitait-elle pas. Car sans ciller, elle lui avait lancé :

— De toute façon, tout ça n'était qu'un jeu.

Puis plus doucement, presque pour elle-même, et Stanislas ne sut jamais s'il avait bien entendu, elle ajouta :

— Il n'est quasiment jamais question d'autre chose.

C'était la dernière fois qu'il voyait Sara.

47

2015

Un bruit de klaxon retentit dans la rue. Stanislas n'y prête d'abord pas attention mais le vacarme s'intensifie et le pousse à jeter un œil par la fenêtre. En bas de chez lui, une Twingo vert pomme est garée en double file, une roue sur le trottoir et les warnings qui clignotent. Sara baisse la vitre et une musique puissante s'échappe de l'habitacle. Stanislas reconnaît le rythme de *Sarà perché ti amo*, cette chanson dont Sara refusait d'admettre qu'elle ne parlait pas d'elle.

— On va faire un tour ?

— Où ça ?

— Peu importe. Mais enfile une chemise !

La carrosserie de la voiture vibrait déjà à 90 kilomètres à l'heure mais à 150, sur l'autoroute, cela ressemblait au décollage d'une fusée. Sara avait toujours aimé la vitesse. Un jour, elle lui avait dit : « La vie est trop lente » ; il n'avait pas saisi tout de suite ce qu'elle voulait dire par-là. Son cerveau allait à toute vitesse, il fallait être aveugle pour ne pas le remarquer. Elle était née dans un monde qui n'allait pas assez vite pour elle et toute cette impatience, c'était cette attente permanente que les autres la rejoignent. Mais parfois, cela n'arrivait pas.

Stanislas avait abdiqué. Il ne savait pas où ils allaient mais il avait cessé de poser la question à Sara qui avait augmenté le son de l'autoradio. Elle s'était mise à chanter et Stanislas écoutait sa voix qui était plus grave que lorsqu'elle parlait. Elle chantait faux, surtout, mais elle continuait sans gêne, sans accélérer le rythme, sans baisser son timbre d'une octave. Un jour elle lui avait demandé : « Pourquoi faudrait-il forcément chanter juste pour avoir le droit de le faire ? » Il n'avait rien répondu, car ses questions en étaient rarement une.

Le paysage semblait se faire aspirer par le rétroviseur et il ne savait toujours pas où ils allaient. Il n'était pas plus inquiet que rassuré, il s'était fait une raison. Il se laissait bercer par le bruit de la tôle et ce trajet en pleine nuit lui rappelait ceux de son enfance, quand il rentrait d'un dîner chez des amis de ses parents. Il s'endormait alors sur la banquette arrière en écoutant leur conversation. C'était ce qu'il avait préféré de l'enfance. Les samedis soir loin des silences entre ses parents, les demi-sommeils, ce sentiment qu'il ne pouvait rien lui arriver.

Il remarqua que la voiture était garée seulement lorsque Sara lui demanda s'il comptait rester là toute la nuit. Ses oreilles bourdonnaient encore quand il s'extirpa de son siège. Devant lui, les talons de Sara qui crissent sur le gravier blanc menant à un grand bâtiment, un mélange entre un château et un ranch canadien.

— On a roulé quasiment une heure pour aller jouer dans un casino ?

— Tu pensais qu'on allait faire quoi ? Skier ?

Sara se dirige vers l'entrée, sa démarche est à la fois légère et joyeuse, mais quand Stanislas croise son regard, il lui fait l'effet d'une lame. Il est toujours surpris de voir à quel point elle est imprévisible, têtue, insaisissable. À quel point elle est un livre dans lequel tout est écrit, mais dans une langue étrangère. Une langue perdue que plus personne ne parle.

Plusieurs mètres devant lui, Sara se baisse et ramasse quelque chose par terre.

— Regarde, dit-elle en levant sa main en l'air.

Stanislas s'approche d'elle.

— Une carte ?

— Je les collectionne. Dès que j'en trouve une dans la rue, je la ramasse. Je lis l'avenir dedans aussi. Par exemple, si je trouve une reine de cœur, ce sera une bonne journée. Si je trouve du pique, je me méfie, c'est censé être l'attribut de la justice. C'est fou le nombre de cartes que j'ai pu trouver en quoi, dix ans ?

— Et là, tu as quoi ?

— Le trois. De trèfle, dit-elle dans un grand sourire.

— Et ça veut dire quoi ?

— Le trois, bon, ce n'est pas terrible. Mais le trèfle… le trèfle, c'est la chance.

Stanislas n'est jamais entré dans un casino. Quand il était petit, une fois, en vacances, il avait accompagné ses parents jusque dans le hall d'entrée de l'un d'eux. La sécurité avait accepté qu'il s'assît sur le canapé, à condition qu'il n'en bouge pas d'un millimètre et il était resté là, à la frontière de l'interdit, à tendre son cou autant que possible pour entrevoir les machines à sous dans l'entrebâillement d'une porte qui s'ouvrait parfois. Ses parents n'avaient joué que 50 francs. Cela avait duré dix minutes même en faisant beaucoup d'efforts entre chacune des pièces. Ils étaient ressortis, un sourire complice sur les lèvres, le porte-monnaie plus léger. Leur vie n'allait pas changer.

— Bon, déjà, il est hors de question que l'on joue à des machines à sous. On ne va pas passer notre soirée assis sur un fauteuil à poser notre index sur un bouton dans l'espoir qu'il se passe quelque chose qui n'arrivera pas. Suis-moi.

Sara s'était dirigée vers une grande table recouverte d'un grand tapis en feutre vert sur laquelle se trouvait une roulette de trente-six numéros. Au moment de leur arrivée, un croupier annonça « Faites vos jeux », puis fit tourner la roue. Il jeta un œil aux joueurs installés autour de la table puis articula : « Rien ne va plus » et lança la bille qui se mit à tourner à toute vitesse dans le sens inverse.

— Tu connais les règles ? demanda Sara.

— Oui. Il faut parier sur le numéro qui sera tiré par le croupier. On peut aussi miser sur la couleur ou bien sur un chiffre pair ou impair. Plus facile statistiquement mais ça rapporte moins.

— Parfait. On est prêts alors.

Sara disparut et revint quelques minutes plus tard avec un tas de jetons entre les mains. Elle lui fit signe de le suivre et s'installa sur un siège autour de la table. Plusieurs tours passèrent sans que Sara fasse quoi que ce soit. « On observe d'abord », avait-elle murmuré, et c'est ce qu'ils avaient fait. Stanislas ne disait rien. Il savait que le jeu était le fait du hasard et qu'ils pouvaient bien rester là pendant des heures, rien n'empêcherait la bille de faire ce qu'elle voulait. Mais il observa tout de même car l'aléatoire le fascinait. Surtout, il savait que derrière chaque lancé, il y avait toujours le geste d'un homme.

Sara se leva de sa chaise et prit Stanislas par le bras pour l'attirer à distance de la table.

— Alors ? demanda-t-elle à voix basse.

— Alors quoi ?

— T'as fait ta part ?

— Ma part ?

— Oui, ta part. Les calculs.

Stanislas poussa un long soupir.

— Il y a trente-six chiffres sur une roulette. Trente-sept avec le zéro. La probabilité de gagner en jouant un numéro est de une sur trente-sept soit 2,7 % de chance. Si on joue deux numéros, on passe donc à 5,4 %. Trois numéros 8,11 %, quatre numéros : 10,81 %, six numéros : 16,21 %. Si on prend douze numéros, autrement dit la colonne, c'est

32,43 %. Jouer sur les numéros, on appelle ça les chances simples. Ensuite, il y a les chances multiples. Il s'agit de la couleur, le rouge ou le noir, le pair ou l'impair et le passe ou le manque. Passe c'est parier que le numéro tiré sera supérieur à dix-neuf et manque, qu'il sera inférieur à dix-neuf. Sur ces six cas de figure, la probabilité est de 48,65 % à cause du zéro qui n'entre dans aucune de ces catégories.

Il fit une pause avant de reprendre.

— Ce qu'il faut comprendre, c'est que si on mettait un euro sur chaque numéro on jouerait donc 37 euros. Mais le gain est de 35 euros pour le numéro gagnant, en plus de notre mise. Donc on perdrait toujours un euro. Pour les chances multiples, par exemple la couleur, le montant des gains est de un pour un. Donc on mise un euro sur le noir, si le noir sort on gagne un euro, mais comme je te disais la probabilité est inférieure à 50 %, il faut donc prendre des risques pour gagner.

— Ça, on le savait déjà, dit-elle en souriant.

— Mais plus on joue, plus on perd.

Sara fit une petite moue.

— Ce que je veux dire, reprit Stanislas, c'est que si on joue un jeton sur un numéro, on a donc trente-six chances sur trente-sept de ne pas gagner. Maintenant, si on joue un deuxième jeton sur le même numéro, on a trente-six chances sur trente-sept de ne pas gagner au premier coup et toujours trente-six chances sur trente-sept de ne pas gagner au deuxième coup. La probabilité de ne pas gagner au deuxième coup non plus est plus faible. Mais dans les faits, on a déjà perdu une fois.

— Plus on joue, plus on a de chance de gagner, reformula Sara.

— Si l'on veut une quasi-certitude de gagner au moins une fois sur un numéro, il faut jouer 170 coups, c'est-à-dire risquer 170 euros pour gagner « sûrement » 35 euros. Ce qu'il faut… ce qu'il faut, c'est gagner rapidement.

— Très bien. Maintenant à moi. Il s'appelle Jonathan, ça fait quatre ans qu'il travaille ici. Il a un léger accent, peut-être lorrain. Il prononce le « t » quand il dit « vingt ». Difficile de savoir s'il cherche à le dissimuler ou si ça fait longtemps qu'il a quitté sa région. Ce soir, il est à la roulette mais ce qu'il préfère c'est le blackjack. Il fait bien son travail, il est plutôt professionnel. Mais chaque fois que Manon la fille des caisses traverse la salle pour prendre sa pause, il la suit des yeux. Alors que, si tu veux mon avis, il est marié, dit-elle en faisant un signe du menton en direction de son annulaire gauche. À en croire l'ongle de son pouce, il joue de la guitare et il est droitier. Il est plutôt constant dans sa manière de tourner la roue. J'ai essayé de compter les tours sauf que c'est impossible, c'est trop rapide. Mais la bille quitte le cylindre de la roue en moyenne au bout de cinq secondes, et une fois sur les numéros elle fait rarement plus de deux tours avant de s'arrêter dans les neuf, dix, onze, ou douze cases après le précédent numéro qui est sorti.

— Tu veux dire que d'une probabilité à la base de un sur trente-sept, tu penses pouvoir arriver à un sur quatre ?

Sara hocha la tête.

— Il suffit d'attendre que Manon revienne de sa pause pour éviter qu'elle le perturbe. Et que la musique d'ambiance ne soit pas un air de guitare. Sinon il se met à battre le rythme avec son pied droit et ça fausse tout.

Sara est assise autour de la table et Stanislas se tient debout derrière elle, les bras croisés. Elle est concentrée sur le jeu et seules ses mains s'agitent sur les jetons posés devant elle. Le croupier annonce : « Faites vos jeux, rien ne va plus », et la bille tourne, tourne, tourne encore jusqu'à ce qu'elle s'immobilise sur la case numéro 28. Personne ne gagne. Sara et Stan ne bougent pas. Le croupier relance, la roue tourne à nouveau et cette fois-ci, la bille s'arrête sur la case 21. Dans leurs têtes, ils font tous les deux le calcul. C'est dix cases après le numéro 28. L'opération se répète encore et encore. Le numéro 11, c'est neuf cases de plus. Puis douze cases plus loin, c'est le numéro 31. Douze encore, dix, neuf, onze, dix.

Stanislas se baisse légèrement et glisse au creux de son oreille :

— C'est à la fois très prévisible et complètement aléatoire.

Le croupier recommence, il répète, encore : « Faites vos jeux… » Cette fois Sara attrape ses jetons et les dépose tous sur le chiffre 7. « … rien ne va plus. » Elle se tourne vers Stanislas, croise son regard quelques secondes et dit : « C'est en plus 11 » avant de faire à nouveau face à la table. Stanislas essaie de calculer la somme qu'elle vient de parier sur ce chiffre, cela lui semble soudain énorme.

— Mais attends, pourquoi t'as pas divisé le total sur les quatre cases ? On aurait pu avancer plus lentement, on perdait fois trois mais on gagnait fois trente-cinq !

Sara ne réagit pas, elle fixe la roulette qui commence à ralentir et cette boule qui saute de plus en plus difficilement entre les cases jusqu'à s'arrêter sur le sept… avant de rebondir à nouveau sur le numéro suivant.

— Le numéro gagnant est le 29, annonce le croupier. Les paris sur les noirs, impair et passe gagnent. Les joueurs qui ont misé sur…

— Non ! Nooooon ! le coupe Sara. Pas le 29 !

Les joueurs autour de la table se figent avant de se tourner vers cette femme qui vient de bondir. Elle se tient droite, le visage blême et le regard fixe. Sa respiration est lourde et sa poitrine se soulève difficilement. Après quelques secondes d'immobilité, elle se tourne vers Stanislas et les yeux pleins de larmes, elle lui demande :

— Elle ne reviendra donc jamais ?

Et elle s'en va.

La route défilait derrière la vitre contre laquelle Sara avait posé sa tête. Les yeux fermés, elle paraissait dormir, mais Stanislas avait du mal à y croire. La vulnérabilité lui allait si peu. Quand il l'avait retrouvée à la sortie du Casino, elle lui avait aussitôt tendu son trousseau de clés.

— Ramène-moi chez moi.

Sa voix était blanche et pour la première fois depuis qu'ils s'étaient revus, Stanislas pensa que les années d'absence s'étaient remplies, elles aussi. Quelques jours plus tôt, elle lui avait dit cette phrase qui l'avait perturbé et à laquelle il songeait à présent, au volant de sa voiture : « Les gens qui ont de la chance sont des gens à qui, en premier lieu, il est arrivé des choses. Tu vois, quand une femme se fait agresser à la sortie d'une boîte de nuit et qu'elle s'en sort, qu'elle ne meurt pas. La première chose qu'on lui dit, c'est qu'elle a eu de la chance. Mais en a-t-elle vraiment ? » Elle avait fait une pause avant d'ajouter ces mots qui lui ressemblaient si peu : « J'ai parfois l'impression… j'ai parfois l'impression qu'il vaut mieux ne pas trop vivre. »

Sara, pense-t-il en enclenchant les essuie-glaces. Ni tout à fait une autre, ni toujours la même.

48

Quelques jours plus tard, en sortant d'une supérette, Stanislas tombe sur Valérie en tenue de sport. Elle lui explique que depuis deux mois, elle s'est mise au Pilates et qu'elle y va deux fois par semaine après son travail.

— Juste là, la petite porte violette, dit-elle en montrant du doigt un point qui se situe derrière lui.

Stanislas tourne la tête par politesse.

— Ah oui, je n'avais jamais remarqué que…

— Il paraît que tu as revu Ingrid.

— Oui, on a dîné ensemble.

Elle le scrute quelques secondes, jette un rapide coup d'œil à sa montre.

— J'ai un peu de temps. On va boire un verre ?

Il n'a pas ouvert la bouche pour répondre que, déjà, Valérie se met en route. Ils sont entrés dans le premier bar sur leur chemin et se sont installés près de la fenêtre. Valérie lève le bras et, avant que le serveur arrive à leur table, elle vérifie auprès de Stanislas : « Un demi de blonde c'est bien ça ? » Il n'a jamais été seul avec elle et il est surpris de la voir prendre les devants, commander pour lui et connaître ses habitudes. Lorsqu'elle est avec Laurent et les enfants, elle a tendance à s'effacer. Il aime bien Valérie pourtant. C'est une femme attentionnée, à l'écoute, profondément gentille et qui rit de bon cœur aux blagues des autres. Stanislas la voit comme la clé de voûte de leur famille.

— Ingrid est ma cousine. On a quasiment le même âge et on a grandi ensemble. Les mercredis, la plupart de nos vacances… je l'adore, c'est une fille géniale.

Le serveur leur apporte les deux bières et Valérie fait glisser la coupelle de cacahuètes au milieu de la table.

— Santé, dit-elle en levant son verre.

Elle repose sa bière devant elle et fait tourner le verre entre ses doigts.

— Laurent m'a dit que tu avais renoué avec une fille de ton lycée…

— Sara, oui. Qu'est-ce qu'il t'a dit d'autre ?

Un léger sourire étire les lèvres de Valérie.

— Tu sais comment est Laurent. Il est à la fois très égoïste et très généreux. Tu es son meilleur ami, il ne rêve que d'une chose, c'est que l'on parte en vacances tous ensemble. Mais il a une idée bien précise du type de femme qu'il est prêt à supporter pendant une semaine. Il veut que les choses se fassent comme il l'imagine. Et Ingrid ressemble à ce qu'il imagine.

— Et pas Sara.

Elle hausse les épaules.

— Mais toi ? Qu'est-ce que tu imagines ? demande Valérie.

Il est sur le point de dire quelque chose mais il se ravise.

— Je t'écoute. Parle-moi d'elle.

Stanislas boit une gorgée de bière. Il joue du bout des doigts avec le sous-verre en carton, regarde Valérie dans les yeux, puis il commence.

— Elle ne tient pas bien ses couverts…

Elle ne tient pas bien ses couverts. Elle fait tout avec sa main droite, la fourchette croise sur l'assiette quand il faut piquer, le couteau prend sa place quand il faut couper. Elle râle quand son cocktail est dans un verre à Martini. Elle dit : « La quantité compte », et elle boit une grande gorgée pour montrer qu'il n'y a déjà plus rien. Elle fixe les gens sans raison. Elle prend en photo les couples qui s'assoient sur des bancs. Elle préfère ceux qui sont vieux. Elle agite ses mains quand elle parle. Elle parle trop fort. Elle parle beaucoup. Elle parle aux gens qu'elle ne connaît pas. Elle n'aime pas les silences. Elle met des vêtements qui ne vont pas ensemble. Elle dit : « Qui a décidé que ça n'allait pas ensemble ? » Elle marie les damiers et le léopard. Le rose et le rouge. Les rayures horizontales et verticales. Elle dit : « D'accord » en détachant les syllabes quand elle n'est pas d'accord. Elle dit : « Pourquoi pas » quand elle n'a pas envie. Elle déteste les écharpes qui l'empêchent de respirer. Elle dit : « Il fait chaud non ? » Elle a toujours trop chaud. Elle a son côté préféré quand elle marche. Elle ne dort jamais dans le même sens dans un lit. Elle achète des plantes qu'elle laisse crever. Elle regarde son âge au fond des verres. Elle donne de l'argent aux sans-abri qui ont des chiens. Elle offre des cadeaux sans raison. Elle invente des raisons. Elle conduit pieds nus. Elle met la musique trop fort. Elle ne met pas de soutien-gorge. Elle dit qu'elle déteste les collections. Elle collectionne les cartes à jouer. Elle dit que ce n'est pas la même chose. Elle en fait trop. Elle perd tout le temps ses clés. Elle dit : « En ce moment je vieillis » quand elle s'observe dans un miroir. Elle ne fume pas. Elle vole les briquets en soirée. Elle dit : « Quand je prends le bus, j'ai peur que les gens lisent dans mes pensées. » Elle dit qu'elle ne croit pas au paranormal. Elle a un rire catastrophique. Elle est gauchère. Elle est maladroite. Elle ne prend pas les choses au sérieux. Elle se lève tôt. Elle ne met pas de réveil. Elle lit plusieurs livres en même temps. Elle ne pleure pas. Jamais. Mais parfois, elle a l'air d'avoir vécu le plus grand malheur du monde.

Valérie ne dit rien. Elle laisse passer plusieurs secondes, l'air perdu quelque part derrière la vitre de ce café dans lequel elle ne va jamais. D'ailleurs elle ne va plus vraiment dans les cafés. Elle est devenue une femme d'intérieur, un peu comme ces animaux incapables de vivre dans leur habitat naturel. Qu'était-il arrivé aux chiens ? Comment faisaient-ils avant que les hommes les enferment ? Elle n'avait pas plus de réponses pour eux que pour elle-même finalement. Au loin, un bruit de verre brisé la ramène au moment présent.

— Je vais te dire une chose qui me coûte. Peut-être que ce que perçoit Laurent, quand tu parles de Sara, c'est ce qu'il n'a jamais connu avec moi.

— Valérie, ce n'est pas...

— Non, attends, laisse-moi finir. Tu sais, on peut être amoureux de quelqu'un et choisir quelqu'un d'autre. Ça s'appelle la raison et c'est très bien aussi. Beaucoup font ce choix. Et toi et moi on sait que c'est celui de Laurent. Le seul problème, c'est quand, dans un couple, l'un des deux n'a pas fait le même.

Stanislas pose sa main sur l'avant-bras de Valérie. Une larme coule le long de sa joue, qu'elle s'empresse d'essuyer d'un revers de manche.

— Et je crois qu'avec Ingrid, c'est exactement ce qu'il se passerait. Je te l'ai dit, c'est ma cousine et je l'aime de tout mon cœur. C'est pour cela que ça m'embêterait beaucoup que quelqu'un lui fasse du mal. Et cela m'embêterait encore plus que ce soit toi.

Elle finit la dernière gorgée de bière et demande l'addition.

— Mais ce que je veux te dire surtout, c'est que tout ce que tu reproches à Sara, je crois que c'est ce qui te manque quand elle n'est pas là.

49

L'immeuble fait plusieurs étages. De temps en temps, au troisième, les fenêtres s'ouvrent et une musique s'échappe de l'appartement pour se déverser dans la rue. Accoudés à la balustrade d'un minuscule balcon, des hommes et des femmes fument des cigarettes, les uns sur les autres. Derrière eux, la pièce paraît sur le point d'exploser. Quelques éclats de voix réussissent à franchir les décibels, des rires, des cris. Rien de net, rien de précis.

Sara et Stanislas marchent dans la rue côte à côte. Ils sont censés aller au cinéma pour la deuxième séance. Un film qu'elle a choisi et qu'il faut absolument voir.

— Julien ou Nicolas ? demande Sara.

— Hein ?

— Tu penses qu'il y a plus de Julien ou de Nicolas en France ?

— Nicolas je dirais. Et toi ?

Il se tourne vers Sara mais elle n'est plus à ses côtés. Elle est quelques mètres plus loin, au pied de l'immeuble où se joue la soirée, en train d'appuyer sur les touches du digicode.

— Qu'est-ce que tu fais ?

— Le 1, le 3, le 4 et le 8 sont les touches les plus abîmées.

— Et tu penses pouvoir trouver le code d'entrée ?

— 1, 3, 8, 4. Non. 1, 3, 4, 8. Non. 1, 4, 8, 3. Non. 1, 4, 3, 8. Non plus.

— Sara…

— Il n'y a que vingt-quatre possibilités, c'est bien ça, non ?

— Oui, mais si ça se trouve, le code vient de changer. Se fier à l'usure des touches, ce n'est pas fiable.

— 1, 8, 4, 7. Non plus.

— La touche A aussi est usée…

Sara s'arrête une seconde et, comme si cela avait été parfaitement calculé, la porte s'ouvre d'un coup sec. Une femme apparaît alors, l'air hagard et la démarche titubante.

À l'étage où le bruit des baffles fait vibrer la porte d'entrée, Sara sonne une première fois mais personne ne répond. Stanislas préférerait faire demi-tour, rentrer chez lui, mais il ne peut pas. Tout à l'heure, quand Sara lui avait posé la question les yeux rivés sur la caravane d'un marchand de glace, il avait répondu 7. Elle avait dit : « Très bien, alors on s'incruste à la soirée. » Évidemment, elle n'avait pas besoin de lui pour s'acheter une glace. Il s'était senti si ridicule de s'être fait avoir qu'il n'avait rien dit.

Sara sonne à nouveau et cette fois elle garde son doigt appuyé sur le bouton de la sonnette. Au bout d'une longue minute, la porte s'ouvre et un homme d'à peu près leur âge apparaît.

— On est avec Nico, lance Sara avec assurance.

— Ah OK, cool. La dernière fois que je l'ai vu, il était dans la cuisine.

Sans réfléchir, elle se faufile à l'intérieur et avance au milieu des gens. D'un geste rapide, elle attrape une bouteille d'alcool et remplit un verre qu'elle tend à Stanislas avant de s'en servir un à son tour. Elle boit et elle n'aurait pas bu plus vite si cela avait été de l'eau.

Les pièces de l'appartement sont de plus en plus remplies et Sara disparaît et apparaît à chaque seconde. Elle se sert un nouveau verre et se met à danser en relevant ses cheveux. Parfois elle s'arrête, discute avec un inconnu, éclate de rire et reprend sa danse là où elle pense l'avoir arrêtée. La chaleur devient insoutenable mais elle est balayée par l'ouverture de la grande porte-fenêtre qui mène au balcon et Stanislas voit alors Sara fumer comme si elle l'avait toujours fait, avec un geste d'une élégance cinématographique. Elle est partout, mais chaque fois qu'il tourne la tête elle n'est plus là.

Il fait toutes les pièces de l'appartement, la retrouve au milieu du salon, un nouveau verre à la main, en train de danser les yeux fermés. Elle les ouvre, le fixe, continue de danser sans le quitter des yeux. Il fait très chaud. Un homme s'approche d'elle et c'est comme si elle oubliait aussitôt que Stanislas existait. Il se détourne alors et va se servir un verre dans la cuisine. Quand il revient, elle est toujours avec l'autre, elle danse et même à distance il voit que son corps brûle. Ses mains se croisent dans les airs, descendent le long de son visage et continuent leurs mouvements fluides au creux de son ventre. Il a envie de virer ce type une bonne fois pour toutes, mais il ne dit rien. Pour la première fois depuis qu'ils se revoient, Stanislas remarque qu'à l'intérieur de ses mains nues qui ondulent comme une vague, à la naissance du poignet, il y a un tatouage. Le même que sa mère, à un détail près. Ce n'est pas un 13, c'est un 31.

Elle boit. Elle boit encore. Elle boit beaucoup. Elle lui tend un verre mais avant qu'il ne l'attrape, elle prend une gorgée. Elle a embrassé cet homme mais elle ne s'en souvient déjà plus. Des mèches de cheveux se collent à son front, son mascara a coulé jusque sur ses joues. Elle rit, elle chante les paroles de chansons qu'elle ne connaît pas. Elle dit qu'elle a mal au cœur et boit un autre verre pour le faire passer. Elle est ivre, elle rit si fort qu'elle pleure et cette fois Stanislas la prend dans ses bras. « On y va » ; elle refuse, elle argue que la soirée ne fait que commencer, il dit : « D'accord, allons juste ailleurs, alors » et elle le croit. Elle ne retrouve pas ses affaires, elle a son sac, elle avait une veste. Il lui répond que non, elle est venue comme ça. Elle jure qu'elle avait une veste. Il lui pose la sienne sur les épaules et elle accepte de s'en aller. Elle marche trop près de la route, les voitures la frôlent, Stanislas lui attrape le bras et la ramène sur le trottoir. Le premier taxi refuse de les prendre. Le deuxième aussi. Il propose 10 euros de plus pour la course et le troisième accepte. Il la porte dans l'escalier, cherche les clés dans son sac, ouvre la porte d'une main. Il lui enlève ses chaussures et la dépose dans son lit. Elle dit qu'elle a envie de vomir alors il l'accompagne jusqu'à la salle de bains, parce qu'elle titube, parce qu'elle tangue. Elle dit qu'elle a le mal de mer. Qu'il lui faudrait un bateau pour inverser la sensation. « T'en as pas un ? » Il sourit, il dit qu'il n'a pas de mer non plus. Il tire la porte derrière lui pour la laisser tranquille. « Tu pars pas, hein ? » Il promet que non. « Pourquoi t'es jamais parti ? » Il pousse un long soupir. Il n'est pas sûr d'avoir envie de tenir cette conversation-là maintenant. Il répond qu'il ne sait pas. Qu'il avait peur de laisser sa mère, à moins que ce ne soit qu'une excuse. Il ne sait pas non plus s'il faut forcément partir. On peut être heureux là où l'on est. Il n'est pas sûr qu'elle écoute ses réponses. « Sara ? Ça va ? » Elle tire la chasse. « Oui. Mieux », dit-elle en passant sa main sur son visage. Le trait noir de ses yeux a désormais glissé jusqu'à ses lèvres. Elle a enfilé un tee-shirt difforme qui lui arrive juste en dessous des fesses. Il se racle la gorge. « Je vais y aller. » Elle le regarde, ses yeux brillent encore. « Tu peux rester ? Jusqu'à ce que je m'endorme… »

Il passe sa main dans ses cheveux, la retire presque aussitôt. Il répète : « Je reste jusqu'à ce que tu t'endormes. » Sara pivote sur elle-même, manque de trébucher, se rattrape de justesse. Elle se couche directement sur la couverture et il s'assoit par terre, le dos contre son lit. Elle dit qu'elle a la tête qui tourne et qu'elle est désolée. Désolée d'avoir trop bu. Désolée de beaucoup d'autres choses dont elle ne se souvient plus. Sa voix est lente et pâteuse. Juste avant de s'endormir, elle demande : « Cette fille, la blonde avec la veste rouge, vous êtes ensemble ? »

Sans attendre de réponse, elle ajoute : « Car j'ai vu comment tu la regardais. Et ce n'est pas comme ça que tu regardes quand tu es amoureux. »

Quand sa respiration devient régulière, Stanislas se relève. Il va dans la salle de bains pour se passer un peu d'eau sur le visage. Il se regarde quelques secondes dans le miroir accroché au mur et puis il ouvre l'armoire en plastique qui se trouve derrière, à la recherche d'un savon. Une boîte de médicaments tombe dans l'évier. Il sait aussitôt de quoi il s'agit pour les avoir vus une grande partie de son enfance sur la table de chevet de sa mère. Deux « x » un au début et un à la fin. C'est avec ce mot qu'il avait appris ce qu'était un palindrome. Un anxiolytique.

Le plus doucement possible, il claque la porte et quitte l'appartement de Sara. Dehors le jour se lève à peine et Stanislas marche à la frontière de ces deux mondes, celui qui s'arrête et celui qui recommence. Il repense à cette soirée, à ce qu'il a trouvé dans le placard de la salle de bains. Il n'arrivait pas à s'enlever cette image de la tête. Il avait longtemps cru que c'était elle qui était venue le sauver. Le sortir de cet engourdissement dans lequel il s'était laissé glisser ces dernières années, sans même s'en rendre compte. Parfois il se sentait comme un fantôme, quelqu'un que l'on aurait oublié d'informer de sa propre mort. Et puis Sara était arrivée. Elle avait tout bousculé et sans doute l'avait-elle un peu sauvé de sa vie calme et plate comme une mer dans laquelle il se noyait.

Mais à présent il n'était plus sûr que cela se soit passé de cette manière. Il était en train de se demander si ce n'était pas l'inverse. Si en venant le trouver, ce n'était pas elle qui avait voulu être sauvée.

50

Sara arrive. De manière générale Sara arrive, c'est ce qu'il se dit en la regardant marcher vers lui. Elle pose deux bouts de papier sur la table avant de dérouler son écharpe et de retirer son manteau. Avec elle, chaque jour est un nouveau jour, sans veille, sans lendemain.

— J'ai pris deux tickets, annonce-t-elle avec enthousiasme. Il faut mettre des croix noires sur des cases rouges numérotées entre un et quarante-neuf.

— C'est un ticket de loto.

— Voilà.

Elle sort un stylo de sa poche et commence à rayer des chiffres.

— Comment tu fais tes choix ?

— Comme tout le monde. Je choisis les dates heureuses de ma vie.

Il fronce les sourcils.

— Toi, Sara Guerel, tu fais comme tout le monde ? dit-il en souriant.

— Parfois, oui.

Stanislas attrape son bout de papier.

— Pour gagner le gros lot, il faut avoir choisi les bons numéros plus le bon numéro complémentaire, commence-t-il à expliquer. Donc cinq bons numéros sur quarante-neuf puis un bon numéro sur dix. Comme l'ordre n'importe pas, pour le premier numéro, tu as cinq chances sur quarante-neuf, pour le deuxième quatre chances sur quarante-huit puisque la boule a été retirée, pour le troisième trois chances sur quarante-sept et ainsi de suite. Donc pour le calcul, il suffit de faire 5 × 4 × 3 × 2 × 1 sur 49 × 48 × 47 × 46 × 45, sans oublier le un sur dix du numéro complémentaire. La probabilité de remporter le jackpot du loto est de…

Il sort son téléphone pour faire le calcul et conclut :

— … une chance sur 19 068 840.

— C'est pas beaucoup, conclut-elle.

— Effectivement. C'est pour ça que je me dis que ce n'est pas en faisant comme tout le monde que tu vas y arriver. Puisque tout le monde perd. Pour gagner il faut être *la* chance.

Sara essaie de dissimuler une moue boudeuse. Elle est un peu vexée de cette conversation. Habituellement, c'est elle qui tient ce genre de propos. Elle se redresse sur sa chaise.

— J'ai un ami dont le grand-père a été déporté lors de l'une des dernières rafles juives. Il avait 14 ans. Il a passé plusieurs mois dans un camp, son frère et ses parents sont morts. Toute sa vie, il a joué le numéro de son matricule au loto. Il n'a jamais gagné. Peu de temps avant sa mort, il lui a dit : « Tu vois, la chance c'est comme Dieu. Ça n'existe pas. »

— Bon, alors ? Tu proposes quoi du coup ? finit-elle par demander après plusieurs minutes de silence.

— De jouer nos pires souvenirs.

Un discret sourire glisse sur son visage mais il lui semble y déceler une pointe de tristesse, aussi.

— Je crois qu'on passe trop de temps ensemble.

Stanislas ne relève pas.

— En plus, ça veut dire quoi, jouer les six meilleurs souvenirs de notre vie ? On fait quoi des autres ? On n'a que six bons moments ? On n'a que cette parenthèse-là ? Qu'est-ce qu'on fait des bons moments à venir ? Alors qu'à l'inverse, si on choisit les pires, les moments les plus difficiles, on se dit que c'est ceux-là qu'on a en petite quantité. On les fige dans ce bout de papier, on les maîtrise en leur faisant face : « Vous là, vous êtes six et… et c'est tout ! ça suffit maintenant ! »

Sara explose de rire.

— Quelle autorité !

Stanislas poursuit, plus sérieusement cette fois :

— Mettre les pires chiffres dans sa grille de loto, c'est considérer que tout le reste de sa vie est positif.

— Et ben…

— Mettre les pires chiffres dans sa grille de loto, répète-t-il, c'est conjurer le mauvais sort.

Pendant une seconde, Sara paraît déstabilisée. Alors Stanislas reprend :

— On ne perd jamais quand on a beaucoup joué, non ?

— Tu commences, dit-il. C'est toi la plus chanceuse de nous deux. Enfin… sauf quand tu fais n'importe quoi au casino.

Il fait cette blague mais il retient quand même sa respiration. Il se dit que si ça marche, il saura enfin ce que lui cache Sara.

— Tu connais Vesna Vulović ? demande-t-elle.

— Non.

— C'est une hôtesse de l'air serbe qui a survécu à un crash d'avion. C'était en 1972, un vol reliant Copenhague à Belgrade. Il y aurait eu une bombe dissimulée dans un bagage par un terroriste croate et l'avion a explosé en vol. Aucun survivant. Sauf Vesna Vulović qui a fait une chute de plus de 10 000 mètres, sans parachute, coincée à l'arrière de l'avion par un chariot de nourriture. La cime des arbres a détruit son « vaisseau » et elle a atterri sur une colline enneigée. La neige a amorti sa chute.

— C'est dingue.

— Ce qui est dingue, dit-elle, c'est qu'elle n'aurait jamais dû être dans cet avion. Elle a été confondue avec une collègue qui portait le même nom qu'elle, lors de la programmation du vol par la compagnie.

— Ah.

— Il y a eu des articles, des reportages à son sujet. Elle est considérée comme une femme chanceuse.

Mais la chance, ça dépend surtout d'une chose : à partir de quand commence-t-on l'histoire ?

Et Sara se met à raconter.

SARA

Sara avait rencontré Grégoire à la fac. Il jouait de la guitare dans un groupe de rock qu'ils avaient baptisé Gary and the Kids bien qu'aucun de ses membres ne se fût appelé Gary. L'origine de ce nom avait plusieurs versions, certaines parfois contradictoires. Il avait été question d'un grand-père irlandais, d'un hommage à Romain Gary, et même d'une anagramme des premières lettres de chacun de leur prénom. Sauf que Thomas refusait de se faire renommer Yann et qu'il n'y avait pas grand-chose à faire face à quelqu'un qui ne se retourne pas quand on l'appelle.

C'était Grégoire qui composait les chansons. Il avait dit à Sara que, pour se lancer, il prenait deux objets sans aucun rapport entre eux et se mettait à écrire. C'est de cette manière que lui venaient les idées. De cette manière aussi que leur plus grand succès, *Stapler on the Radiator*, avait vu le jour.

Elle avait aimé son charisme, sa liberté, sa manière de la regarder. Ses mains sur les cordes de sa guitare. Sa voix qui lui chantait des chansons qu'elle aurait dû connaître. Elle avait aimé beaucoup de choses, mais pas tout de suite. Car au départ, c'est lui qui l'avait remarquée.

Sara ne savait pas ce qu'elle faisait là. À Lyon. Dans cette ville, dans cette fac, dans ce master. La sociologie, c'était un moyen, pas un but. Comprendre les gens, leurs rapports entre eux et les articulations d'une société pour mieux les reproduire sur scène. Depuis le collège, elle rêvait d'être comédienne. Elle aimait le théâtre, les planches, le rideau, le vide. Elle aimait la répétition d'un texte jamais différent mais toujours unique, le vertige du moment présent et l'absence de deuxième chance. Elle aimait ce danger. Ce compteur chaque soir remis à zéro.

Mais elle étudiait Bourdieu, Durkheim, Weber. Des hommes morts depuis fort longtemps qui ne cessent d'expliquer à quoi est censée ressembler la vie.

Un soir, elle avait suivi des copines dans un bar, un pub irlandais qui changeait de décor en fonction des saisons. Et ils étaient là tous les quatre : les Gary and the Kids. Quand elle y repense aujourd'hui encore, elle se demande comment c'est possible un nom pareil. Quand on n'a jamais voulu avoir d'enfant.

* *
*

C'était un jeudi soir de janvier, le 9 très exactement. Le pub était plein à craquer. Sara et ses amies étaient venues pour un simple verre mais le serveur leur avait parlé de ce concert prévu un peu plus tard dans la soirée et elles avaient décidé de rester. C'est ce qui avait fait qu'elles s'étaient retrouvées au premier rang. Ce qui avait fait aussi qu'il l'avait vue.

Par la suite, elle avait beaucoup repensé à cette journée qui avait fait tout basculer. Combien de petites décisions avaient mené à cette chaise, dans ce bar, collée à cette scène ? Combien, surtout, n'avaient pas mené ailleurs ?

Il l'avait cherchée à la fin du concert. Il s'était faufilé parmi la foule pour la retrouver et lui demander son prénom. Mais elle était partie. Plus tard, alors qu'il rangeait son matériel avec le reste du groupe, Grégoire marcha sur quelque chose de mou et de rectangulaire. Un porte-monnaie dans lequel il y aurait tout : son prénom, son nom et les quinze prochaines années de sa vie. Mais ça, il ne le savait pas encore.

Leur histoire avait donc commencé ainsi. Il y avait déjà la perte. Il y aurait bientôt les fracas.

* *
*

Il lui avait rapidement dit qu'il ne voulait pas d'enfant. Mais qui en voudrait, à 22 ans ? Elle n'était même pas sûre de ne plus en être vraiment un. Elle avait souri devant ses rêves de tournées mondiales à bord de grands bus aménagés, de salles combles et de concerts annoncés complets. Elle aimait l'entendre parler de ses projets avec ses mains et son enthousiasme, ses projets qui ressemblaient aux siens : envahissants et inaccessibles.

En dernière année, ils avaient emménagé ensemble. Un petit appartement en plein centre de Lyon, un clic-clac dans le salon, des tables et des chaises qui se plient en quelques secondes pour laisser place aux répétitions et à quelques scènes improvisées. De manière générale, tout dans leur vie se pliait à leurs passions.

Et puis ils avaient été diplômés et il avait fallu trouver un travail. Un vrai. Un de ceux qui payent le loyer, les factures, les courses et les sorties. Ni Grégoire ni Sara n'avaient suffisamment d'économies pour continuer à vivre avec ce qui était glissé certains soirs dans un chapeau. Mais en se serrant un peu la ceinture, l'un d'eux pouvait essayer. Alors un jour, ils tirèrent leur avenir à la courte paille. Sara s'en souvenait encore, c'était lui qui avait décollé l'étiquette de sa bière et qui l'avait déchirée en deux morceaux pour former des « pailles » de taille différente. Il les tenait toutes les deux dans sa main droite et seul le logo dépassait : d'un côté le 16, de l'autre le 64. Le gagnant disposerait de six mois pour prouver à l'autre qu'il était possible de vivre de son art.

Quand Sara piocha le 16 qui était le plus court des deux bouts de papier, Grégoire déclara : « C'est mieux. On prend moins de risques comme ça. »

* *
*

Les six mois passèrent et Grégoire ne gagnait toujours pas suffisamment. Il chantait lors de mariages, à des anniversaires, parfois dans des supermarchés, mais rarement, très rarement sur une scène devant un public venu l'écouter. Comme beaucoup d'artistes, il y était presque.

Un soir, juste avant d'éteindre la lumière, il avait dit : « C'est quand même bête de s'arrêter si près du but… » Alors Sara lui avait suggéré de continuer.

Le but était proche, mais de toute évidence la route était longue. À 30 ans, rien n'avait changé. Sara travaillait et Grégoire chantait. Un dimanche matin, dans le reflet du miroir de la salle de bains, Sara lui avait déclaré : « J'aimerais avoir un enfant. » Grégoire se décomposa.

— Je ne veux pas d'enfant Sara.

Elle n'insista pas. Un jour ou l'autre, elle le savait, il serait prêt.

Mais le temps passait et il ne l'était toujours pas. Même s'ils en parlaient peu, le sujet devenait une source de tension au sein de leur couple. Un jour, alors qu'elle devait prendre rendez-vous chez son gynécologue pour remplacer son stérilet, elle lui en parla une nouvelle fois. Grégoire explosa.

— Sara, je ne serai jamais prêt ! Ce n'est pas une question de temps. C'est une question d'envie. Je ne veux pas d'enfant, ni maintenant, ni jamais. Je te l'avais dit. Qu'est-ce que tu attendais, au juste ?

Elle le fixa longuement puis finit par répondre :

— Que tu t'aperçoives enfin que ta carrière de chanteur n'a aucun avenir.

Ils ne s'étaient pas parlé pendant une semaine.

Sara avait remis un stérilet.

À plusieurs reprises, elle avait envisagé de le quitter. Mais ce n'était pas aussi simple. Ils s'étaient connus jeunes, avaient construit beaucoup de choses ensemble et, de manière générale, ils partageaient une vision commune du monde. Finalement il n'y avait qu'un point sur lequel ils n'étaient pas d'accord. Elle regrettait juste que ce ne fût pas sur le temps de cuisson des pâtes.

Et puis un jour, Sara était tombée enceinte.

Grégoire vécut l'annonce comme une trahison.

Même si elle s'y attendait, la violence de sa réaction l'a surprise. Comment osait-elle lui faire un enfant dans le dos ? N'avait-il pas été assez clair ? Elle ne pouvait pas lui imposer ce choix. Elle n'en avait pas le droit. C'était injuste.

Elle avait beau lui expliquer que ce n'était pas sa faute, qu'elle n'y était pour rien, Grégoire ne la croyait pas.

— Alors on en est là ? dit-elle à bout d'arguments. Quinze ans de relation et pas une once de confiance ?

Il ne répondit rien, se contenta de la défier du regard. Sara ne laissa rien transparaître mais quelque chose en elle venait de se briser. Elle décrocha son téléphone et prit rendez-vous sur-le-champ pour lui faire voir que son stérilet était bien là, mal positionné sans doute, mais bien là.

— C'est rare mais ça arrive, annonça le gynécologue après avoir posé la sonde sur son ventre. Voyez, dit-il en pointant son doigt sur l'écran. Ça, c'est votre stérilet. Et ça... et bien ça, c'est le sac de grossesse. Avec un embryon dedans.

Grégoire se leva d'un bond, fit quelques pas en arrière avant de sortir précipitamment de la salle d'examen sans dire un mot. C'était la deuxième fois en l'espace de quelques jours que Sara se sentait humiliée.

Le gynécologue ne fit aucune remarque et continua l'examen comme si de rien n'était. Toutefois, quand il reprit la parole, sa voix s'était adoucie. Il demanda à Sara si ce stérilet venait d'être posé et elle acquiesça sans quitter du regard ce minuscule haricot qui flottait dans cette grande poche noire.

— Le stérilet est descendu vers le col. Cela peut arriver dans les trois premiers mois après la pose...

Il retira la sonde et lui tendit une boîte de mouchoirs en papier pour essuyer le gel sur son ventre.

— D'après les mesures, vous êtes déjà à huit semaines de grossesse, reprit-il. Rien ne presse, mais c'est le genre de décision qui peut prendre un certain temps. Surtout n'oubliez pas que vous n'avez rien à vous reprocher. Ce n'est pas de chance. Juste pas de chance.

Quand elle sortit du cabinet, Sara pensa exactement l'inverse. C'était sa chance.

* * *

Grégoire l'attendait chez eux, une guitare à la main. C'est ce qu'il faisait quand il était stressé. C'est ce qu'il faisait aussi quand il était heureux, malheureux, inquiet ou enthousiaste. Peu importait ce qu'il ressentait, il l'exprimait toujours avec une guitare. Le comprendre, c'était surtout interpréter la mélodie qu'il jouait. Elle referma la porte derrière elle et s'avança dans le salon. Sans lever la tête, il dit :

— C'est cet enfant ou moi.

* * *

Sara lui laissa une enveloppe sur la table de la salle à manger. À l'intérieur, une feuille de papier sur laquelle elle avait écrit : « Ni toi, ni lui. Je choisis moi. »

Elle avait rassemblé ses affaires, les avait fourrées dans une grande valise et puis elle était partie en laissant la moitié de son histoire derrière elle. Grégoire n'avait même pas tenté de la contacter. La première semaine elle avait songé à avorter. D'une certaine manière, garder cet enfant lui donnait l'impression de le voler à Grégoire. S'il ne voulait pas de cet enfant, très bien, alors ce serait le sien. Uniquement le sien. Mais se sentait-elle vraiment prête à tout perdre ? Si elle poursuivait cette grossesse, elle devait rompre avec une partie de sa vie. Elle quittait son appartement, mais aussi un quartier dans lequel elle se sentait chez elle, des habitudes, des repères. Surtout, elle ne pourrait plus continuer à voir ses amis qui étaient aussi ceux de Grégoire car cela revenait à faire grandir un enfant à côté d'un père qui ne voulait pas de lui. Elle n'était pas sûre d'en être capable.

Elle appela son gynécologue et prit rendez-vous pour mettre un terme à cette grossesse. Sur le chemin de l'hôpital, elle fit son maximum pour penser à autre chose. Si bien qu'au moment de traverser la route, elle ne vit pas le vélo qui arrivait sur sa droite. Celui-ci l'évita de justesse. Quand elle reprit ses esprits, elle remarqua qu'elle avait mis son bras devant son ventre tel un bouclier. Cet instinct de protection pour ce qu'elle était sur le point de faire disparaître la bouleversa. Elle fit demi-tour et rentra chez elle.

Désormais, dès qu'elle fermait les yeux, elle voyait cette poche noire remplie d'espoir.

Elle avait 38 ans.

Elle n'était pas prête à renoncer à ce miracle.

Une fois que sa décision fut prise, elle l'aima deux fois plus.

* *
*

La grossesse se déroulait à merveille. Sara se sentait heureuse et, pour la première fois de sa vie, complète. C'était comme si pendant toutes ces années elle n'avait été que la moitié d'un duo, une sorte de première partie d'un spectacle qui se jouait sans elle. À mesure que son ventre s'arrondissait, à mesure qu'elle prenait plus de place dans ce monde, elle se sentait exister.

Elle n'en revenait pas que la vie lui ait offert cette chance. C'était un garçon et elle avait déjà son prénom. Il s'appellerait Félix.

* *
*

Elle avait déménagé dans un petit appartement à l'autre bout de la ville. Dans son immeuble, les voisins avaient pris en sympathie cette femme seule au ventre rond et il n'était pas rare qu'elle trouve devant sa porte des petits plats ou des affaires pour le futur bébé. Au fil des mois, elle avait construit de nouvelles habitudes et elle ne pensait quasiment jamais à Grégoire. De plus en plus, elle se disait que ce bébé, elle l'avait fait toute seule.

Mais un jour, à la caisse d'une supérette, elle croisa Cyrielle, la sœur de Grégoire.

Sara était à huit mois de grossesse.

* *
*

L'irruption de son passé dans sa nouvelle vie la perturba. Elle reçut par message un laconique : « Finalement tu l'as gardé », et un grain de sable vint se glisser dans sa chaussure. Elle redoutait que Grégoire se réveille, change d'avis, lui demande des comptes. Mais surtout, elle était pétrifiée à l'idée qu'un jour ou l'autre, il décide de reconnaître cet enfant.

À partir de ce moment-là, son état d'esprit changea. Elle devint inquiète. Elle ne se déplaçait plus sans vérifier tout autour d'elle mais, surtout, elle aurait voulu vérifier chaque seconde ce qui se passait *en elle*. Elle adoptait les positions qui lui permettaient de sentir le bébé bouger et ne reprenait le cours de sa vie qu'après un mouvement de sa part. Elle essayait de se raisonner mais c'était plus fort qu'elle. Sans pouvoir se l'expliquer, elle était convaincue que quelque chose de grave allait arriver.

Un matin, elle se réveilla nauséeuse. Une sensation de lourdeur appuyait sur ses épaules, comme un épais brouillard engourdit parfois la campagne. Elle essaya de ne pas y penser, de continuer sa vie en répétant les gestes du quotidien, mais lorsque à midi elle n'avait toujours pas senti son bébé bouger, elle paniqua. C'était le 29 octobre, son terme était trois semaines plus tard.

Au téléphone, on lui demanda de ne pas s'alarmer, de patienter quelques heures et de rappeler si la situation était toujours la même en fin de journée. Les minutes passèrent et l'angoisse de Sara ne se désamorçait pas. Elle rappela. Au bout du fil, une femme prononça cette phrase qui la pétrifia sur place : « Si vous êtes inquiète, venez tout de suite, on vous attend. Les mamans savent ce genre de choses. »

Elle se présenta à l'accueil des urgences, donna son nom, son prénom, sa date de début de grossesse. Elle répondit aux questions les unes après les autres sans vraiment les comprendre. Sa voix était blanche et son cœur tapait si fort contre sa poitrine qu'elle en éprouva une douleur jusque dans son bras gauche. Une sorte d'engourdissement la saisit et elle se demanda alors si elle n'était pas sur le point de faire un arrêt cardiaque. « Je ne me sens pas bien », articula-t-elle, et une femme en blouse blanche qui se trouvait sur sa droite posa alors son dossier sur le comptoir et annonça à la secrétaire : « Je m'en occupe. »

À partir de ce moment-là, Sara se souvient de peu de choses. Elle se rappelle cependant cette phrase qui lui traverse l'esprit et qu'elle se répète comme un mantra, alors qu'elle suit cette personne à travers le dédale des couloirs de l'hôpital : « Jusqu'ici tout va bien. »

La femme à la blouse blanche l'invita à entrer dans une petite pièce et à s'allonger sur une table d'examen. Elle sourit et Sara s'accrocha à ce sourire comme à une bouée de sauvetage. « Je suis gynécologue, je vais vous faire une échographie. »

Elle s'installa derrière son ordinateur et retira la sonde de son emplacement. Avant de commencer, elle lui demanda si elle était accompagnée dans cette grossesse et Sara répondit que non. C'était une grossesse qu'elle avait désirée seule et qu'elle menait de la même manière. La femme sourit à nouveau puis elle posa le capteur sur le ventre de Sara. Elle trouva d'abord la tête, en bas, dans une position prête pour l'accouchement et puis elle remonta doucement. Sara sentit alors que la main de la médecin venait de s'accrocher à une résistance invisible. C'était rien, presque imperceptible, mais c'était là. Sara ferma les yeux et tenta d'apaiser sa respiration. Elle visualisa un sablier qui s'écoulait d'abord doucement, de manière presque invisible. Il y avait toujours cette impression que les derniers grains disparaissaient plus vite que les premiers, comme s'ils se faisaient aspirer par une puissance supérieure.

Dans quelques secondes, comme un sablier dans lequel passent les derniers grains, la vie de Sara allait basculer.

3, 2, 1…

« Je suis désolée, il n'y a plus d'activité cardiaque. »

Dans un réflexe étrange, elle avait regardé l'heure sur le cadran de l'horloge digitale de la salle dans laquelle elle se trouvait. Elle s'était dit qu'elle devait habituellement servir à annoncer l'heure des naissances. Il était pile 21 heures. Son enfant venait de décéder.

* *
*

Un mauvais fonctionnement du placenta.

L'explication était aussi ridicule que cela, une défaillance de cet organe qu'elle avait fabriqué elle-même, spécialement pour ce bébé et cette grossesse.

« Ce n'est pas votre faute » fut la phrase qu'elle entendit le plus au cours des heures et des jours qui suivirent. Le placenta avait empêché l'oxygène de passer correctement et le manque d'oxygénation avait provoqué un arrêt cardiaque. Le problème avait sans doute été là depuis le début. C'était comme ça, il n'y avait rien à se reprocher, rien qui eût pu être fait différemment.

« C'est juste la grande loterie de la vie. » Cela avait été dit avec douceur mais ces paroles la brisèrent davantage encore. La chance à laquelle elle avait si souvent cru la trahissait.

Elle l'appela Félix parce que c'est ce qu'elle avait décidé de faire mais jamais un prénom ne convint aussi peu à un enfant. Elle avait pris soin de le choisir parce qu'il avait du sens pour elle. Un prénom censé lui expliquer toute sa vie qu'il avait été le plus merveilleux des miracles. Félix l'heureux, Félix le chanceux. Mais sa vie n'avait jamais commencé.

Elle accoucha, seule, trois jours plus tard. C'était le 31 octobre.

Les sages-femmes lui apportèrent son enfant dans les vêtements qu'elle avait choisis pour lui.

— C'est un très beau petit garçon de 2,940 kilos et 48 centimètres, dit l'une d'elles dans un sourire plein de tendresse. Il a les jolies lèvres de sa maman.

Sara fut extrêmement reconnaissante à cette femme d'avoir prononcé ces paroles. D'avoir permis ce lien avec son enfant et d'avoir donné les chiffres qui attestaient qu'il avait existé. Qu'il avait pris cette place sur terre. Elle pouvait désormais mesurer le gouffre dans lequel elle venait de tomber. Il faisait bien plus de 48 centimètres.

Elle le prit dans ses bras et déposa un baiser sur chacune de ses paupières. Elle passa plusieurs fois sa main sur sa peau blanche comme l'aube, caressa son duvet de pêche puis elle murmura son prénom au creux de son oreille. Elle s'était promis de le faire. De nommer ce tout petit être qu'elle voyait pour la première fois mais aussi la dernière. De prononcer ces deux syllabes qui restaient bloquées dans sa gorge pour tenter de le faire exister.

Il y eut ensuite la chambre mortuaire, le funérarium et puis cette boîte, cette jolie boîte dans laquelle elle avait mis tous ses secrets d'adolescente. Désormais elle contenait les cendres de sa plus grande peine. Un jour, elle les déverserait quelque part. Mais pour le moment, elle n'imaginait aucun lieu assez grand pour accueillir sa tristesse.

Alors elle poussa la porte d'une mercerie. Elle se retrouva au milieu des tissus colorés, des rubans et des perles, des vendeuses enthousiastes et pleines de bonnes idées, des clientes charmées par un voilage, l'épaisseur d'une matière ou l'originalité d'une nouvelle création. Elle prit une grande inspiration, serra sa boîte un peu plus contre son cœur et avança jusqu'au fond de la boutique.

— Ce serait pour graver quelque chose sur du bois.

Un homme se tenait debout au milieu de machines en tout genre. Il tendit sa main mais Sara ne bougea pas.

— Je voudrais le faire moi-même.

Il la fixa quelques secondes puis, comme s'il avait compris qu'il n'avait pas vraiment le choix, il se décala pour la laisser passer. Après de brèves explications sur le fonctionnement du pyrograveur, il laissa Sara se débrouiller. De sa main gauche, avec son écriture aux courbes presque droites, elle inscrivit le prénom de son enfant, « Félix », suivi de sa date de naissance, le 31 octobre 2014. Il n'y avait rien d'autre à ajouter. Tout s'était arrêté avant même d'avoir commencé.

Sara avait tant cru en la chance, tant cru qu'il suffisait d'y croire. Elle se sentit trahie. Elle fut incapable d'appeler à l'aide et resta seule avec son ventre vide à avaler des calmants pour supporter que son chagrin passe inaperçu. Car peu importe ce qui lui était arrivé ; chaque matin, le jour continuait de se lever.

* *
*

Un jour, elle aperçut Grégoire en train de marcher sur le trottoir d'en face. Cela faisait des mois qu'elle ne l'avait pas vu. Elle qui avait mis tant de temps à se relever, elle sentit soudain quelque chose se briser à nouveau. Elle se figea sur place, incapable du moindre mouvement. Grégoire n'avait pas changé, il était toujours le même et cette pensée la bouleversa. Il avait toujours la même démarche, les mêmes vêtements, la même manière de tapoter en rythme ses doigts contre sa cuisse. Il semblait n'avoir été bousculé par aucune peine, ravagé par aucun drame. Sa vie avait dû être une suite de journées identiques : un début, une fin et un milieu pour relier les deux.

Alors qu'à l'inverse Sara était convaincue que tout en elle hurlait sa peine. Chaque millimètre de son corps portait les stigmates de son histoire. Les plis, les traces, les cicatrices.

Quand un inconnu l'observait, elle imaginait qu'il savait ce qu'elle avait vécu rien qu'en observant le fond de ses yeux. Car quand elle les fermait, elle, c'est encore ce qu'elle voyait.

Le téléphone de Grégoire sonna et il répondit en souriant. Il se mit à marcher tête baissée en faisant des allers-retours et Sara se demanda s'il s'agissait d'un appel pour la musique. À l'époque, lorsqu'il recevait un coup de fil important, c'est ce qu'il faisait, du sur place. Soudain, il s'arrêta et releva la tête. Sara déchiffra : « C'est pas vrai ?! » sur ses lèvres, juste avant que leurs regards se croisent. Alors son visage se décomposa. Et elle, elle partit en courant.

Elle ne voulut plus vivre dans cette ville. Elle ne voulut plus jamais entendre parler de lui, ni avoir à marcher dans les rues où elle avait déambulé enceinte. Elle fit ses valises tout en se demandant pourquoi elle n'avait pas pris cette décision plus tôt. Tout ici lui rappelait ce qu'elle avait vécu alors que rien ne la retenait. Le lendemain, elle se rendit à la gare, prit l'un des premiers trains et, pour une raison qu'elle n'était pas sûre de comprendre, se réfugia à Dijon.

La ville de son enfance. Celle qui l'avait vue grandir.

À peine fut-elle installée dans le train que déjà un poids se retira de ses épaules. Elle avait l'impression de renouer avec une personne qu'elle avait été, avant Grégoire et avant le drame. Elle pensa alors à cette phrase de sa mère et se fit la promesse de l'appliquer.

Les choses graves doivent être dites en dernier.

Elle s'endormit, bercée par le balancement du train, le visage à quelques centimètres du numéro de son siège. La place 7.

* * *

Quand elle eut fini de tout lui raconter, Sara regarda Stanislas avant de cocher le 9, le 16, le 21, le 31 et le 48. Au moment de faire une croix sur le numéro chance, une larme vint s'écraser sur le bout de papier. Elle fit comme si de rien n'était et mit une croix sur le numéro 7.

— J'espère que tu as raison, dit-elle dans un sourire triste. J'espère que mettre les pires numéros de sa vie dans une grille de loto permet de conjurer le sort. Car hier on était le 29 et demain on est le 31. Et ça fait pile un an que je suis dans la pire parenthèse de ma vie.

EUX

Il avait eu besoin de temps pour ouvrir l'enveloppe et, à vrai dire, même le temps n'avait pas suffi. L'idée de découvrir une lettre de rupture avait fait son chemin et il s'était demandé pourquoi s'infliger ça, maintenant, alors que Sara était à nouveau dans sa vie. Quel intérêt de revivre les peines ? Quel intérêt, surtout, de se confronter aux souvenirs douloureux, aux mots approximatifs et à la brusquerie adolescente ?

Mais à présent les choses étaient différentes. Elle lui avait tout raconté et ouvrir cette lettre était de l'ordre de l'urgence. Cependant, il ne voulait pas le faire dans n'importe quelles conditions. Il ne voulait pas être chez ses parents, ni seul chez lui. Il ressentait la nécessité d'être noyé au milieu d'une foule, d'être un point parmi une multitude d'autres points, alors il avait acheté une place pour un match de foot. Il avait volontairement choisi la tribune des ultras, la plus bruyante, celle qui l'empêcherait de penser, et il s'était assis là, avec son écharpe rouge qu'il avait pris la peine d'acheter à la boutique du stade juste avant de prendre sa place dans les gradins. Il avait attendu d'être au milieu des supporters pour décacheter l'enveloppe et puis il avait lu la lettre, ces mots figés dans le temps, tels des fossiles de ce que leur histoire avait été.

Il ne sait pas qui a gagné. Il ne s'est même pas aperçu que le match était terminé. Il a juste constaté la présence d'un homme qui lui demandait s'il pouvait récupérer son gobelet pour le mettre dans la poubelle. Il avait passé le match à fixer le terrain de foot sans bouger de son siège. Il avait été cet homme assis au milieu d'une foule qui se lève, qui s'assoit, qui hurle, qui chante pendant quatre-vingt-dix minutes. À chaque passe, à chaque tir, à chaque coup franc il avait pensé à Sara. Il avait refait le fil de leur histoire, il avait pensé à ce qu'elle lui avait confié, à l'horreur de ce qu'elle avait vécu. Au hasard, aussi, qui l'avait remise sur son chemin.

Il avait pensé à cette lettre jamais ouverte. Cela aurait changé tellement de choses si ce jour-là, en rentrant de cours, il l'avait trouvée sur son bureau. Si elle n'avait pas glissé par terre et fait ainsi disparaître Sara de sa vie. Quelle aurait été son existence ? Sans cette entaille dans son cœur adolescent ? Que se serait-il passé de différent ces vingt dernières années ? La vie se joue à rien. Il a beau le savoir, il en est à chaque fois surpris.

Il quitte le stade. Il fait quelques mètres puis attrape son téléphone et rédige un message. Il lui donne rendez-vous dans un quart d'heure et lui envoie un point de géolocalisation.

55

Quand il la voit arriver, Stanislas ressent un grand soulagement. Elle sourit et il sait désormais ce que cache chacun de ses sourires mais il fait comme si de rien n'était car elle détesterait cela. Son apitoiement.

— Que me vaut ce rendez-vous tardif ?

— Tu vas voir, dit-il en sortant un foulard de sa poche.

— Tu vas me bander les yeux ? demande-t-elle surprise

— Exactement. Si tu es d'accord.

Sara acquiesce et Stanislas noue le bout de tissu devant ses yeux. Il lui prend le bras et commence à avancer. Stanislas constate qu'elle marche sans aucune appréhension. Elle lui emboîte le pas sans réfléchir, s'arrête quand il s'arrête, réavance quand il reprend son chemin, d'un pas sûr, en pleine confiance. L'environnement change autour d'eux mais elle ne fait aucun commentaire. Quand ils arrivent enfin à l'intérieur, il pose délicatement ses mains sur ses oreilles pour l'empêcher d'entendre certains indices, puis les ôte une fois l'entrée passée. Après avoir monté quelques marches, Stanislas s'arrête enfin. Il y a peu de bruit autour d'eux, l'atmosphère est calme.

— J'ai mis du temps à la trouver, dit-il en détachant le foulard. Je suis souvent venu ici. Adolescent après ton départ. Puis adulte parfois. Je crois que je l'ai beaucoup loupée. Il y a des choses qui sont là mais que l'on n'est pas prêt à voir.

Sara le dévisage un instant sans rien dire puis, doucement, elle se tourne vers le tableau qui leur fait face.

— Le musée est ouvert la nuit pendant une semaine. J'étais là mardi dernier, à peu près à la même heure. C'est peut-être ça, aussi, qui a fonctionné. Le changement de point de vue.

Il marque un temps avant de reprendre.

— J'ai beaucoup changé de point de vue ces dernières semaines. J'ai longtemps cru que je devais être sauvé…

— … alors que tu es celui qui sauve.

— Non, répond-il en la regardant droit dans les yeux. Je ne pense pas ça une seconde.

Sara prend un air dubitatif et il hésite.

— Je… commence-t-il en se raclant la gorge. Je te présente mon œuvre. Celle qui me rend heureux autant qu'elle me donne envie de pleurer.

Sara fait un pas vers le tableau. Le fond est bleu, un bleu Klein presque, et une foule se tient sur une colline au premier plan. Sur la droite, un homme est debout, emmailloté dans des bandelettes funéraires.

— Je marchais par là-bas, dit-il en tendant le bras vers le fond de la pièce. Mais quand je l'ai vue, pendant une minute, je ne pouvais plus bouger. Et puis je me suis avancé et j'ai vu son nom. *La Résurrection.*

Il sourit.

— C'est la reproduction sous forme de tableau d'une fresque qui se trouve en Italie, reprend Stanislas. Dans la chapelle des Scrovegni, à Padoue.

En disant cela, un léger rire lui échappe.

— Qu'est-ce qu'il y a ? demande-t-elle.

— Rien. C'est juste que je ne pensais pas qu'un jour je dirais ce genre de phrase très snob.

Ils se dirigent vers une banquette située à l'autre bout de la pièce et ils s'assoient face au tableau.

— Tu sais que je n'ai jamais reçu ta lettre ? Elle avait glissé sous mon bureau.

Sara ne bouge pas d'un millimètre. Il se demande si elle a entendu ce qu'il vient de dire, et alors qu'il s'apprête à lui poser la question, elle se met à parler.

— Je t'en ai beaucoup voulu de ne jamais avoir répondu.

Elle se tourne vers lui et ajoute :

— Et puis ça m'est passé. Dans les années qui ont suivi, j'ai souvent pensé à toi. À ce que l'on avait vécu à cette époque. On était jeunes. Très jeunes. Mais ce que je ressentais en ta présence, je ne l'ai plus jamais ressenti avec qui que ce soit d'autre. Ce sentiment qu'il ne pouvait rien m'arriver. Tu étais comme une île, tu vois ? Pas un château fort qui s'érige face aux autres. T'étais une île, inaccessible, par la force des choses. Alors quand j'ai vu ton nom dans la rubrique nécrologique, j'ai pensé que si tu étais mort, si c'était à toi qu'il était arrivé quelque chose, je ne m'en remettrais pas. Pas à ce moment-là.

La pièce est vide et le musée ne va pas tarder à fermer. Il sait bien que la vie leur aurait donné des milliers d'autres raisons de se perdre mais à cet instant précis, il ne peut s'empêcher de penser à cette lettre. Il se répète pour lui-même que le passé ne peut pas être modifié et il comprend enfin que c'est pour ça que les secondes chances existent. Sara ne l'avait pas remplacé. Lui, le petit garçon interchangeable.

Quand elle lui avait écrit, quand elle lui avait dit qu'elle espérait recevoir de ses nouvelles, il lui avait répondu qu'il était en vie. À présent, il sait qu'il est vivant. Il glisse alors sa main dans celle de Sara puis il se penche au creux de son cou et murmure à son oreille :

— Choisis un nombre entre 0 et 10.

Épilogue

30 août 1993

Salut Stan,

J'espère que tu vas bien ! Ça fait cinq jours que je suis arrivée dans la famille qui m'accueille et tout roule : je ne comprends pas un mot de ce qu'ils racontent. Eux non plus en même temps, ce qui rend notre relation équilibrée en quelque sorte. Équilibrée dans l'incompréhension.

Quand je pense que dans une semaine je vais devoir aller en cours et qu'à la fin de l'année je suis censée avoir mon diplôme… Hier j'ai carrément pris peur et je me suis inscrite à des cours par correspondance pour passer mon bac français en candidat libre. En attendant, je lis des livres en anglais. Au moins avec les livres, il n'y a pas le problème de l'accent. C'est une fille qui fait le même programme que moi qui me les a fait passer. Elle vit à quelques rues d'ici, dans une autre famille. Sauf qu'elle a eu la bonne idée d'arriver en juillet et qu'elle parle déjà super bien. Elle s'appelle

Pomme, c'est marrant, non ? Quand je l'ai rencontrée, elle m'a dit : « Salut, je m'appelle Pomme », et je me suis dit OK, ça sera le prénom de ma fille plus tard, c'est sûr. Un prénom comme ça, tu t'en souviens toute ta vie, non ? Genre, dans les castings, t'as déjà la moitié du boulot qu'est fait ! Évidemment, elle est charismatique et super sympa. Elle vient de Lyon. On pourra aller la voir quand je rentrerai.

Je ne sais pas si j'ai pris la bonne décision, je me pose cette question toutes les deux secondes. Les autres secondes, je pense à toi.

Je sais que tu m'en veux un peu d'être partie. Je sais aussi que tu ne m'en veux pas.

Il y a des choses qui sont inscrites en nous. Je suis un enfant de la fuite, ma grand-mère et ma mère ont quitté le Chili parce qu'elles n'avaient pas le choix. J'avais envie que ma vie ressemble à une décision.

Je sais aussi que toi et moi on est faits pour se retrouver.

Écris-moi.

Sara

P.-S. : Pour le prénom d'enfant… J'espère que tu es d'accord.

Remerciements

Je vis à Toulouse, j'ai trois enfants et ma vie d'écrivaine me fait voyager à travers la France pour des salons, des dédicaces et divers rendez-vous professionnels. À chacun de mes déplacements, on me pose cette question : qui s'occupe des enfants ? J'ai envie de dire, merci, c'est gentil de demander. Sauf que mon mari aussi voyage beaucoup pour son travail et on ne lui a jamais posé la question. Jamais.

Là, je suis sûre que vous êtes outré : « Mais pourquoi les gens ne sont-ils pas aussi gentils avec lui ? »

À moins que ce ne soit pas ça.

Désormais, pour souligner l'absurdité de la question, je donne cette réponse : je demande à mon amant. Je ne vais pas embêter mon mari avec ça tout de même… !

Quand je ne suis pas avec mes enfants, elles sont avec leur père. Je sais bien qu'il s'agit souvent d'une question rhétorique pour entamer la conversation. Alors je vais en profiter pour vous dire ce qu'il se passe quand je ne suis pas là.

Je ne reçois pas de messages pour me dire que c'est l'enfer. Je ne reçois pas de messages pour me demander « où est le lait ? l'ouvre-boîte ? leur grand-mère ? ».

Je ne reçois aucun message qui pourrait m'inquiéter, ni me faire culpabiliser.

Je reçois des photos avec écrit « tout va bien » « profite » « on pense à toi ».

Quand je rentre, la maison est propre, rangée et le repas est prêt. Je n'ai pas de dette, ni d'ascenseur à renvoyer. Il est heureux que je sois heureuse, heureux que j'aie une vie à côté de lui, à côté de notre famille et que je m'épanouisse dans mon travail.

Quand je ne suis pas là, mes enfants sont avec leur père, l'homme avec qui j'ai pris la décision de les faire.

Merci de ne pas te vautrer dans les attentes d'une société peu exigeante envers les hommes. Merci de ne pas te complaire dans la facilité et le fatalisme du « tu sais les hommes sont comme ça ».

Merci de questionner et de déconstruire les clichés alors que la vie est plus simple et plus confortable, les pieds sous la table.

Tu es la chance de ma vie.

* *
*

Merci à mes parents et à mes beaux-parents pour leur amour et leur disponibilité face aux imprévus de notre vie avec des jeunes enfants.

Remerciements

Ce livre n'aurait pas pu voir le jour sans votre aide et vos « on arrive tout de suite ».

* *
*

Merci à mon amie Manon Brzostek qui est toujours pleine d'idées et qui m'a donné une des choses les plus précieuses : son temps. Grâce à nos discussions et à ta créativité, j'ai pu sortir de tous mes blocages et écrire ce livre en me sentant moins seule.

Cet ouvrage a été mis en pages par

<pixellence>

CET OUVRAGE
A ÉTÉ ACHEVÉ D'IMPRIMER
SUR ROTO-PAGE
PAR L'IMPRIMERIE FLOCH
À MAYENNE EN AVRIL 2024

N° d'édition : 631255-0. N° d'impression : 104694
Dépôt légal : mai 2024
Imprimé en France